홀가분

정혜신·이명수의 나를 응원하는 심리처방전

홀
가
분

정혜신 · 이명수 글   전용성 그림

해냄

이것으로 충분하다

아침 출근길은 나에게 설렘 그 자체다. 어느 회장님처럼 일할 생각에 신나서가 아니라 출근길에 내 짝과 함께 나누는 사유의 성찬이 특별히 맛나고 푸짐해서다. 지난 7년간 내내 그랬다.

양평 산마을에서 서울 사무실까지는 60킬로미터, 대략 70분 정도가 걸린다. 그동안 그와 내가 탄 자동차에는 온 세상이 담긴다. 첨예한 사회적 현안에서부터 소소한 가정사, 중요한 업무 논의, 특정인에 대한 뒷이야기, 계절마다 제 빛깔이 황홀한 6번 국도의 자연풍광까지 종횡무진이다.

가끔 격렬할 정도의 논쟁이 있기도 하고 어스름한 해거름처럼 그윽해지기도 하지만 그 얘기들이 모아지는 귀결점은 신기하게도 똑같다. 자기성찰과 진짜 잘 사는 것에 대한 근본적 의문이다.

그 안에서는 어처구니없는 4대강 사업과 절묘한 체위의 문제가 스스럼없이 연결되기도 하고 특정인을 향한 개인적 눈흘김과 국가보안법 피해자들의 한 많은 세월을 보듬어주려는 짠한 마음이 어색하지 않게 어깨동무한다. 그런 희한한 병립이 가능할 수 있었던 것은 온전히 내 짝 이.명.수.의 심리적 내공 때문이다. 나는 철석같이 그렇게 믿고 있다. 그는 전생에 저울이 아니었을까. 세상과 사람에 대한 그의 감각은 더없이 섬세하고 균형적이다.

그렇게 그와 내가 나눈 사유의 결과물이 바로 이 책『홀가분』이다. 7음계의 조합만으로도 수억 개의 서로 다른 곡들이 존재할 수 있는 것처럼 자기성찰을 축으로 하는 서너 개의 고민이 변주된 형태가 여기에 실린 103편의 심리처방전이다. 그것은 그대로 그와 내게 내재된 삶의 철학인 동시에 한계점이다. 그러므로 이 글들이 만병통치를 자신하는 약장수의 영험한 약 같은 처방전일 수는 없다.

하지만 적어도 자기를 돌아보고 보듬어주는 계기를 마련해 주는 심리처방전의 역할로는 어느 정도의 의미가 있을 것이다. 관련한 주제로 둘이 함께 얘기를 나누면서 내가 혹은 그가, 그런 종류의 홀가분함을 먼저 경험해 봤기 때문이다.

사람들이 내게 자주 하는 질문이 있다.

"당신은 정신분석 상담가로서 혹은 고문피해자, 해고노동자, 국가공권력 피해자, 감정노동자, 시민활동가 심리치료 등 치유자로서의 역할이 요구되는 여러 문제에 많은 힘을 보태고 있는데, 그 아프고 막막한 얘기들을 어떻게 견뎌내면서 치유활동을 계속하는가?"

전문지식, 개인의 심리적 특성 등 여러 이유가 있겠지만 결정적인 건 나에게 세상에서 가장 든든한 심리적 배후가 있어서이다. 그 심리적 배후가 바로 내 짝 이명수다. 그는 나의 치유자이자 심리적 구루이다.

나는 일상의 특별한 순간마다 그에게 묻지 않은 적이 없고, 그 또한 그런 순간 나에게 힘을 보태지 않은 적이 없다. 서로 간에 긴밀한 영향을 주고받는다는 상호각인 효과는 둘의 관계에서도 예외가 아니다. 그의 표현에 의하면, 나는 그의 심리적 공중급유기다.

그와 나는 조금 다른 방식으로 서로를 지지한다. 내가 후드가운을 눌러쓰고 트레이너의 어깨에 손을 얹은 채 긴장된 호흡을 조절하며 경기장에 입장하는 권투선수라면, 그는 수많은 관중의 함성과 열기를 온몸으로 앞서 맞으며 길을 터주는 나의 수석 코치다. 수천 명의 함성으로 소란한 상황에서도, 상대의 맹렬한 공격으로 휘청거리는 순간에도 나는 그의 목소리를 또렷하게 구분해 감지할 수 있다. 그 목소리를 듣는 순간 대부분의 문제는 해결된다.

이 책에 실린 한 심리처방전에서 나는 내 짝을 이원규 시인의 「속도」라는 시에 나오는 느티나무로 비유했다. '만약 백 미터 늦게 달리기가 있어서 느티나무가 출전한다면 출발선에 슬슬 뿌리를 내리고 서 있다가 한 오백 년 뒤 저의 푸른 그림자로 아예 골인 지점을 지워버릴 것'이라는 시어(詩語)가 그를 더할 수 없이 적확하게 표현하기 때문이다.

그는 내가 아는 모든 사람 중에서 몸과 마음이 가장 섹시한 남자다(나는 외형도 그렇다고 굳게 믿지만, 몸의 섹시함에 대해서는 이견이 있을 수 있다는 점과 제 눈에 안경이라는 참한 지적에 일부 동의할 수 있다). 하지만 그가 발휘하는 생각의 섹시함은 상상을 초월한다. 누군가의 소감처럼 심리처방전의 어느 한 구절에서 훅, 숨을 들이마시게 할 만큼 끌리는 대목이 있다면 그건 아마도 그의 섹시함에서 비롯한 영향일 것이라고 나는 생각한다. 그는 비트겐슈타인 같은 경계선 사고가 유별나고 축구 천재 메시의 문전돌파 때처럼 생각의 리듬이 절묘하게 폭발적이다.

내가 그와 공동으로 작업한 심리처방전에는 나의 유별난 특성인 깊은 공감과 함께 그런 회의(懷疑)와 균형의 흔적들이 많을 수밖에 없다. 일반적인 꾸밈말로서가 아니라, 나는 단 한순간도 그에게 설레지 않은 적이 없고 단 한 번도 실망한 적이 없다. 심지어 격하게 말다툼을 하는 순간에도 그의 화내는 모습이 섹시하게 느껴져서 혼자 민망한 웃음을 터뜨린다. 당연한 업보로 그와 나를 아는 극히 일부는, 우리를 닭살커플 혹은 제 눈에 안경이라고 뒷담화하기도 한다. 다 안다. 하지만 그와 내가 함께한 세월은 통상적으로 사랑 물질에 중독된다고 알려진 시기를 훌쩍 뛰어넘었다. 그는 이미 지천명을 넘은 나이고, 나 또한 그에 근접하고 있다.

그렇다면 그와 나의 관계의 질(質)은 일반적인 통념과는 조금 다른 트랙의 문제일 수도 있겠다는 나름의 생각이 들곤 한다. 그런 점에서 나는 세상 누구보다 복이 많고 더할 수 없이 홀가분한 사람이다.

오래전 한 기자가 나에게 절대자의 위치에서 '현재의 정혜신'에게 해주고 싶은 얘기가 무엇인지를 물었다. 나는 잠깐 고민 후 "이것으로 충분하다"고 말했다. 기자는 무심한 듯한 내 대답의 내용과 태도가 의외였다는 후기와 함께 "이것으로 충분하다"는 말을 그 인터뷰 기사의 헤드라인으로 달았다. 똑같은 질문을 지금 해도 내 대답은 별로 달라지지 않을 듯싶다. 그리고 그때나 지금이나 그 대답의 심리적 배후는 나의 짝이다.

공동창작한 심리처방전을 책으로 묶어내면서 지난 시간들에 새삼 감사한 마음이다. 5년 넘게 독특한 그림을 무한 제공해 준 전용성 화백에게도 또 감사한다. 이 심리처방전이 누군가의 홀가분한 여정에 조금이라도 도움이 될 수 있다면, 기쁨이겠다.

저는 이것으로…… 충분하고 충분합니다.

'이명수의 심리적 공중급유기' 정.혜.신.이 쓰고
'정혜신의 심리적 구루' 이.명.수.가 마음을 포개다.

차례

프롤로그 이것으로 충분하다 5

🔵 첫 번째 처방전

그래도, 나를 더 사랑하라

조건 없이 이유 없이

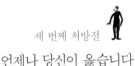

네 번째 처방전

때로는 서로 어깨를 맞대어라

행복한 마주보기, 건강한 거리두기

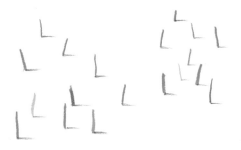

다섯 번째 처방전

세상에서 가장 먼저 만나야 할 사람은 나입니다

가장 뒤늦게 가장 아프게 배우는 깨달음

그래도,

나를 더 사랑하라

조건 없이 이유 없이

나에게
날개를 달다

오래전, 빠릿빠릿한 스타일은 아니었던 한 젊은이가 사진을 공부하러 독일에 갔다가 자신에 관해 새로운 사실을 알게 되었습니다. 그의 육성은 리얼리티 예능 프로그램보다 더 생생하고 흥미롭습니다.

"서울에서는 그게 다 흠이었고 사내자식이 뭘 그리 꼼지락거리고 있느냐고 야단맞았는데 독일에서는 그 감수성이 내 장점이라고 하니……."

이런 경우 말줄임표 뒤에 이어지는 뒷말의 유형은 크게 두 갈래입니다. 그래서 너무 혼란스러웠다거나, 그래서 너무 큰 힘이 되었다거나.

대한민국 최정상급 사진작가 중 한 명인 구본창의 젊은 시절 반응은 예상대로 '너무 큰 날개를 달았다'였습니다. 잘 달구어진 프라이팬처럼 평상시에 자기를 받아들일 준비가 충분했기 때문에 가능한 일이었을 겁니다.

어떤 이는 자신이 좋아하는 지인들을 '나의 별스러움을 허물로 생각하지 않고 나만의 특별함으로 봐주는 사람'이라고 표현합니다. 그런 사람들이 곁에 있다면 복 받은 삶입니다. 스스로에 대해 그럴 수 있다면 자신이 원하는 만큼의 복을 지어내서 주위 사람들에게 나누어 줄 수도 있습니다.

일본에 있는 한 성적 소수자 단체의 이름에는 행운을 상징한다는 네 잎 클로버 단어가 들어 있습니다. 네 잎 클로버가 세 잎 클로버에 비해 소수라는 이유로 홀대받지 않고 오히려 귀하게 대접받는 것처럼 자기들 또한 그러해야 한다는 거지요.

'자기'를 잘 존중하고 인정할 줄 아는 그 당당하고 유쾌한 발상에 존경과 무한정의 지지를.

숨쉬는소리가
들린다

이기적이어도
괜찮아

얼마 전 동성결혼을 합법화해 세계 최초로 동성 총리 부부까지 생겨난 아이슬란드의 결혼 법조문은 아름다울 만큼 간결합니다. 그들의 법률에 의하면 결혼은 '성(性)에 상관없이 두 성인의 합의에 따른 결합'으로 정의됩니다.

이 힘이 넘쳐나는 한 방의 정의 안에 결혼에 필요한 모든 것이 담겨 있다고 저는 느낍니다. 본래 가장 심플한 것이 가장 파괴력이 있는 법이니까요.

이런 심플한 힘의 법칙이 가장 먼저 그리고 가장 확실하게 적용되어야 할 곳은 심리적 자기보호의 영역입니다.

'어떤 경우에도 심리적으로 나를 보호하는 것이 우선이다.' 야무진 결심으로 이런 명제를 내세운 후에도 '이러다 내가 이기적인 인간이 되어 사람들이 모두 외면하면 어쩌나' 걱정하고 있다면 아직 자기보호 능력이 현저하게 부족하단 증거입니다.

인간의 자정능력이나 균형감각은 상상 이상입니다. 마냥 이기적이고 싶어도 그럴 수 없습니다. 누가 뭐라고 하지 않아도 스스로가 부대끼게 되니까요.

심리적으로 자기를 보호하는 일을 이기적으로 생각하는 것은 '내가 사는 곳엔 맑은 공기가 너무 많아서 참 걱정이야'라고 한탄하는 일처럼 어리석고 기괴합니다.

'어떤 경우에도 나를 보호하는 것이 최우선이다……' 되뇌며 힘겹게, 자기보호의 실력을 배양 중인 모든 이들에게 열렬한 응원을 보냅니다.

순하게
인정하고 보듬기

일본에는 일회용 사진기로 찍은 사진만을 대상으로 한 콘테스트가 있답니다. 좋은 사진 장비 따위의 거품 쫙 빼고 진짜로 피사체와 합일할 수 있는 작가의 실력만 평가하려는 의도겠지요. 사랑이라는 가장 흔한 소재로 쓴 시를 보면 시인의 내공이 단번에 드러나는 것처럼요.

마찬가지로 한 인간의 진짜 내공은 자신의 지위, 이름, 학력, 재산, 직업 등의 거품과 상관없이 있는 그대로의 자기상을 순하게 인정하고 보듬을 수 있는 능력에 의해서 좌우됩니다.

사랑 많이 받고 자란 아이는 버릇없어진다는 잘못된 속설에 현혹돼 나를 너무 많이 인정하고 어깨를 다독여주다가 개념 없고 경쟁력 없는 사람이 되면 어쩌나, 걱정하고 있다면 그야말로 기우입니다. 서민이 재벌 회장의 헤픈 씀씀이를 걱정하는 것과 다르지 않습니다.

첫 번째 처방전

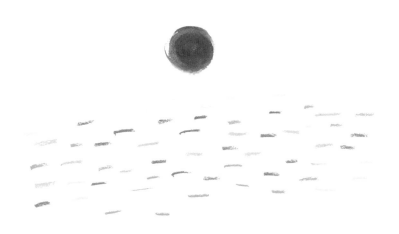

사람의 마음속엔 정교한 균형추 시스템이 작동하고 있어서 나를 너무 많이 인정하고 격려하고 응원하다가 한 방에 훅 가는 일, 단언컨대, 없습니다.

자기를 있는 그대로 인정하고 보듬는 일이 얼마나 어렵고 깊은 내공이 필요한 작업인지 시도해 본 사람은 다 알지요.

그렇다고 자기인정의 내공 쌓기를 게을리하다 보면 〈개그콘서트〉 대사처럼 한 방에 훅 가는 경우가 생긴답니다. 뼈저린 경험자들의 전언에 의하면요.

진짜 나와
만나는 황홀함

평생 자신의 불완전성에 집중했으면서도 자신의 작품 수준에 대한 자부심은 잃지 않았다는 균형 잡힌 천재 예술가 미켈란젤로가 어느 날 조각 작품 한 점을 밤새워 완성하고 집 밖으로 나오다가 심하게 좌절했답니다.

그를 무릎 꿇게 한 것은 햇빛을 머금고 바람에 흔들리는 나뭇잎이었다지요. 자신이 아무리 노력해도 자연의 그 황홀한 창작물을 능가할 수 없다는 사실을 문득 깨달았다는 겁니다. 매일 보아오던 햇빛과 바람과 나뭇잎이었음에도요.

그후부턴 부끄러워서 자신의 작품에 사인을 못했다는 민간설화 같은 에피소드가 있더군요.

살다 보면 어제와 다름없던 오늘의 풍경 속에서 문득, 모든 것이 새롭게 다가오는 순간이 있습니다. 그중에서도 진짜 자기와 만나는 경험이 선사하는 벼락같은 황홀함은 비할 데가 없습니다.

첫 번째 처방전

저 큰 악기는
콘트라베이스다
그 소리가 좋은걸 은
오늘 알았다

자신의 불완전성을 명료하게 의식하면서도 자기 존재의 긍정성을 홀대하지 않고 토닥일 수 있다면 그 또한 능력입니다.

　그래서일까요. 이렇게 지나온 시간을 갈무리하는 시점에서는 '내가 두 개라면 이럴 때 하나의 내가 다른 하나의 어깨를 툭툭 쳐주었을 것 같다'는 소설의 한 구절이 꽂히듯 마음에 와 닿습니다.

첫 번째 처방전

너답지
못하다

가까운 사이의 사람들이 자주 주고받는 말 가운데 '너답지 못하다'는 묘한 뉘앙스의 말이 있습니다. 그 위력은 가히 '울트라슈퍼짱'이라 할 만합니다. 대개 듣는 사람을 옴짝달싹 못하게 옥조이니까요.

하지만 여러 이유로 그에 합당한 대거리를 하지 못하는 것일 뿐 그 말을 전적으로 수긍해서 침묵하는 게 아니라는 건 너도 알고 나도 알고 그도 압니다.

드라마나 영화에서 '너답지 못하게 왜 이래?'라는 힐난성 대사 뒤에 '나다운 게 뭔데?'라는 울부짖음이 연결 숙어처럼 따라붙는 건 다 그만한 까닭이 있는 거겠지요.

늘 젖은 장작 타듯 하다 화산처럼 폭발하든 신사임당 옷차림에서 손바닥 한 뼘 길이의 미니스커트로 갈아입든 거기엔 다 그만한 이유가 있는 법입니다. '나'답지 못한 행동이란 세상에 없습니다.

상대방의 눈에만 '너'답지 못하게 비칠 뿐이지요.

'너답지 못하다'는 말은 상대방을 옴짝달싹 못하도록 심리적 올 가미를 던지는 행위와 다르지 않습니다.

뭔가 새로운 각오로 다시 시도하려는데 누군가 내게 '너답지 않 게 왜 이래'라고 말할 때, 뱀처럼 휘감기고 늪처럼 허우적거리게 하는 그 질척한 느낌, 얼마나 싫고 맥빠지는지 잘 아시잖아요.

본의는 그게 아니라고 해도 누군가에게 '너답지 못하다'고 내뱉 는 순간 나는 상대방에게 뱀이 되고 늪이 될 수밖에 없습니다.

오늘은
남은인생의
첫날이다

'왜 나만?'

　　더할 수 없이 신산한 세상살이를 견뎌온 50대 남자가 자신의 어린 시절과 관련해 아직도 품고 있는 한 가지 의문은 잿빛 울음에 가깝습니다.

　다섯 살 때, 갑자기 아버지와 사별하고 행상을 하던 어머니가 육 남매의 다섯째인 자신을 잠시 보육원에 맡겼는데 그의 의문은 그 부분에서 되돌이표처럼 무한 반복됩니다.

　'왜 나만?'

　맞벌이를 해야 하는 부모 때문에 엄마, 아빠와 함께 사는 동생과 떨어져 유년기를 지방에 있는 할머니 집에서 보낸 한 여중생의 현재 진행형 의문 또한 깊고 아립니다.

　'왜 하필 나를?'

　상황적 요인을 몰라서 생기는 의문이 아닙니다. 알지만, 받아들이기 어려운 것이겠지요. 자신이 가치 있는 존재가 아닐지도 모른

첫 번째 처방전

다는 의문이 생기면 그럴 수밖에 없습니다.

비관적 상황에 처한 암환자의 투병 의지를 북돋우는 가장 좋은 방법은 환자 자신이 가치 있는 사람이라는 느낌이 들게 하는 것이라지요.

개인적 경험에 의하면, 자기 가치감을 확인하는 제일 쉬운 방법은 내가 누군가에게 도움이 되는 존재라는 사실을 실감하는 것입니다. 그 대상이 사람이 아니라 꽃이나 애완동물 같은 경우에도 자기 가치감을 확인하는 효과는 동일하던걸요.

기다리는 시간

자체발광

심미주의적 문체가 독보적인 한 중견 소설가는 고등학교 2학년 때부터 등단하기 직전까지 15년 동안 무려 40여 회나 신춘문예에 응모했답니다. 한 번도 당선통보를 받지 못했지만.

당시 그는 심사위원들이 미치지 않는 한, 당연히 4~5개 신문사에서 동시에 당선통보가 와야 한다고 철석같이 믿었다네요.

우체국에서 실수 없이 자신의 원고를 제대로 신문사에 전달하기만 한다면, 심사위원들이 미치지만 않는다면, 틀림없이 자신이 당선될 수밖에 없을 거라는 확고한 믿음.

많은 경우 20대에는 그런 기이한 자신감이 삶을 지배합니다. 하지만 30대 중반에 들어서기 시작하면 나를 표현하는 일에서 현재의 사회적 직위나 재산 등 후광효과에 의지하기 시작합니다. 내적 자신감은 뒷전에 있고요.

전지현, 조인성, 심은하처럼 외적 조건이 압도적인 연예인을 가리켜 전문용어로 '자체발광(自體發光)'한다고 말한다지요.

'자뻑'의 수준을 벗어나 나이가 들면서도 후광효과에 기대지 않고 자체발광할 수 있는 자신감을 잃지 않는 사람, 흔치는 않지만 겪어보니 참 근사하더군요.

물주는걸 잊어 버릇의
꽃이 말라죽었과, 3던 키운기

작은
사치

누가 나에게 아무 조건 없이 고급 승용차를 선물한다면……. 얼마 전 어떤 이가 실제로 그런 선물을 받았답니다. 이런 방식으로요.

"나는 내게 벤츠를 선물했다."

30년 동안 열심히 일해 현재 최정상급으로 인정받는 한 성우가 자신을 위무(慰撫)하며 스스로에게 준 선물이라네요.

'필요 이상의 돈이나 물건을 쓰는 게 사치'라는 사전적 정의에 기대면, 얼핏 사치스럽게 느껴질 수도 있는 자작 선물이지만 저는 그녀의 마음이 백 번 이해되고도 조금…… 남습니다. 그동안 수고한 자신에게 환한 장미꽃 한 다발 건네듯 그 정도의 선물은 할 수 있는 거 아닌가요.

현실 세계에서는 사치와 허영이 인간을 불행하게 하는 결정적 요인이 되는 경우가 비일비재하지만, 심리적으로 자신을 돌보고 보

첫 번째 처방전

사치!
빨간 목도리를 한
여스님 귀엽다

호하는 영역에서는 내가 너무 사치한 거 아닐까 멈칫하는 정도가 되어야 딱 적당한 수준이 됩니다.

산 위에서 밥을 할 때 뚜껑에 묵직한 돌을 올려놓아야 비로소 맛난 밥을 짓기 위한 적당한 압력이 되는 것처럼요.

일상의 수고로움과 번잡함을 묵묵히 감당하고 있는 모든 이에게 그림 속 빨간 목도리 같은 사치를 권합니다. 아무도 눈살을 찌푸리지 않습니다.

제 경험에 의하면, 오히려 보는 이들조차 자신이 대접받는 듯한 느낌에 뿌듯해진답니다.

쓸데없는
자존심이란 없다

　　본인이 의식하든 못하든, 사람들은 어떤 일을 할 때 잘 안 될 때를 대비해서 핑곗거리를 만들어놓는 경우가 많습니다. 예를 들어, 다음날 중요한 경기를 앞두고 일부러 잠을 덜 자는 식의 의식·무의식적 방법으로 결과가 좋지 않았을 때를 대비하는 것입니다.

　자신의 실패를 방어할 구실을 스스로 만드는 일종의 자기핸디캡 전략으로, 사람들 눈살을 찌푸리게 하는 상습적 핑계쟁이의 행태와는 조금 다른 차원인, 인간의 무의식적 자기방어기제에 가깝습니다.

　자기핸디캡 전략의 최종 목적은 자존심을 보호하려는 것입니다. 자존심은 자신의 품위를 '스스로' 지키려는 마음이라서 어떤 경우엔 내 자존심이 남들 눈엔 돈과 시간을 낭비하는 '쓸데없는 자존심'처럼 보일 수도 있습니다.

하지만 단언컨대 세상에 쓸데없는 자존심이란 없지요. 그러므로, 어떤 상황, 누구의 자존심도 쓸데없다 힐난하지 않고 먼저 인정부터 할 수 있어야 합니다.

쓸데없어 보이는 다른 사람의 자존심까지 사려 깊게 존중하는 행위는, 다른 사람에겐 쓸데없어 보일 수도 있는 내 자존심을 잘 보호하는 가장 현명한 전략일지도 모릅니다.

단언컨대 세상에 쓸데없는 자존심이란 없습니다

마음의 싹
틔우기

믿기 힘들겠지만, 호랑이의 교미(交尾) 시간은 1회 30초에 불과합니다. 그런 형태의 교미를 하루에 20~30회나 한답니다. 한 번에 길게 할 수 있음에도 주변을 경계하는 습성 때문에 1회교미 시간이 길지 못하다는 거지요. 앞발 한 방의 파괴력이 800킬로그램에 달할 정도로 무시무시하면 뭐하나요. 자기 결대로 자신을 음미하지 못하고 토끼의 방식으로 사는데요.

설마 그럴까 싶지만 사람들이 나를 깊이 알게 되면 실망할 것이라고 걱정하는 이들, 깜짝 놀랄 만큼 많습니다. 자신이 가진 품성이나 심리적 능력과는 아무 상관없이 호랑이가 그러하듯 습관처럼 그럽니다.

나 자신이 사람을 알면 알수록 실망하는 근본적 회의주의자라면 그 걱정 또한 말 됩니다. 내 마음 비춰 남의 마음이니까요. 하지만 그렇지 않다면 그건 내 진짜 느낌이 아니라 남들의 시선을

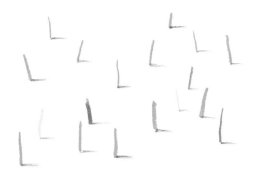

의식하는 불필요한 습성일 따름입니다.

자기 존중감을 갖지 못하면 내 실체와는 별개로 늘 전전긍긍하며 남의 방식대로 살아갈 수밖에 없습니다.

내 안에 최소한의 자기 존중감을 장착하는 일은 내 결대로 살아가기 위한 첫 단추 같은 것입니다. 봄의 새싹처럼요.

기다릴 줄 아는
너그러움

우리나라에서 '삽질'이란 말은 원래의 사전적 의미보다 쓸데없는 행위를 일컫는 상징어에 가깝습니다. '삽질하다'는 문장의 형태까지 갖추면 아무짝에도 쓸모없는 헛수고에 대한 안쓰러움과 함께 개념 없는 짓에 매진하고 있는 누군가에 대한 비아냥의 의미가 명확해집니다.

그런 관점에서 보면 '불도저 앞에서 삽질하고 있네'라는 말은 그 자체로 더 이상의 설명이 필요 없을 만큼 독립적이고 완결된 문장입니다. 하지만 누군가에게 적절하고 정당한 행위가 또다른 누군가에겐 불도저 앞에서의 삽질로 비춰질 수도 있습니다.

그 삽질을 하고 있는 사람이 '나'일 수도 있다는 데 생각이 미치면 삽질의 의미가 복잡해질 수밖에요.

삽질공화국이라 불릴 만큼 개념 상실이 일반화된 환경 속에선 물리적 '삽질'을 경계하는 일이 무엇보다 중요합니다. 하지만 심리

적으로까지 한 치의 삽질도 허용하지 않고 살 수는 없는 노릇입니다. 특히 자기 마음을 돌보는 일에서는요.

작은 모종삽으로 땅을 고르고 나팔꽃을 심는 아이의 행동이 굼떠 보인다고 정원사를 부르거나 불도저를 동원하지는 않습니다. 그런 때 대개의 사람들은 그냥 미소 지으며 기다립니다.

자기 마음을 바라볼 때도 그러면 됩니다.

때로 본인이 생각해도 괜한 짓이라 느껴지는 경우가 있겠지요. 그러면 어떤가요. 그럴 만한 이유가 있겠거니……, 기다리면 되지요.

누군가는 나이 들고 어른스러워진다는 것의 핵심을 너그러움으로 정의합니다. 그렇게 본다면 사람이 가장 어른스러워져야 하는 대상은, 삽질한다고 느껴지는 자기 마음에 대해서 일지도요.

내 이름
부르기

성인이 되어서도 스스로 자기 이름을 섞어가며 대화하는 사람, 꼭 있습니다.

예를 들어 '연경이도 배고파요' '상호가 금방 가겠습니다' 같은 어투인데 경험상, 불길한 신호입니다. 미성숙한 자기중심성의 한 징후인 경우가 많더군요. 아직도 자신을 보호받아야 할 심리적 초등학생처럼 생각하거나 상대방과의 소통보다 내 입장이 우선하는 퇴행적 대화법입니다.

그런데 흥미롭게도 또다른 제 경험에 비추어 보면 결정적 순간에 혼자 자기 이름을 소리 내어 부르는 행위의 자기 진정(鎭靜), 자기 위로 효과는 생각하는 이상입니다.

연경아, 다 괜찮을 거야.
상호야, 너 진짜 수고했다.

소연아, 오늘 참 근사한걸.

자신에게 소리 내어 이렇게 말을 건네는 것만으로도 마음이 편안하고 평화스러워집니다.

혼자서 그런 자기 포상과 다독임의 시간을 보낼 즈음에 누군가 나와 똑같은 마음으로 내게 '괜찮을 거야, 수고했어, 근사해'라는 말로 힘을 보낼 때 그 상대방이 얼마나 사랑스럽게 느껴지는지 경험해 보지 못했으면, (한 개그맨의 유행어처럼) 말을 하지 마세요.

괜찮을 거야, 수고했어, 근사해

마음을 미처
몰랐을 뿐

생전에 수많은 소설가의 스승으로 불릴 만큼 존경받던 한 작가는 '이름 없는 들꽃이 지천에 만발했다' 따위의 표현을 쓰는 작가들을 엄하게 질타했습니다. 쓰는 이가 무식하거나 게을러서 미처 몰랐을 뿐 세상에 '이름 없는 들꽃'이 어디 있느냐는 거지요.

꽃피는 소리를 내가 듣지 못한다고 하루라도 꽃이 피고 지지 않는 날이 있던가요. 우리가 미처 모른다고 존재하지 않는 것은 아닙니다. 당연히.

꽃을 바라보면서도 꽃피는 소리를 듣지 못하듯, 우리에게 '마음'이 있다는 사실을 깜빡하고 사는 경우가 의외로 많습니다.

마음보다 상황 논리나 경제 논리를 앞세워 설명하려다 보면 세상의 많은 일들은 이변이나 불가사의, 일시적 쏠림 현상으로 해석될 수밖에 없습니다.

'내 마음'에 고요히 귀 기울이면 거의 모든 해답은 그 안에 있게 마련입니다. 미처 몰랐을 뿐, 우리 안에 '마음'이 있다는 당연한 사실을 감지하는 순간, 누군가의 머리를 쓰다듬듯 세상도 다정하게 쓰다듬어 줄 수 있습니다.

만능
콤플렉스

프로야구를 소재로 1980년대의 젊음을 사로잡았던 장편만화 〈공포의 외인구단〉은 아직도 우리나라 만화사에서 최고의 스포츠 만화로 평가받습니다. 바로 그 만화를 그린 작가 이현세와 팀을 이뤄 야구 시합을 한 선배 만화가의 증언은 배를 잡게 합니다.

"이현세? 타석에서 공을 친 다음 3루로 뛰어가는 인간이야. 내가 목격했잖아."

영화 〈매트릭스〉의 그 유명한 대사처럼 케이크를 보는 것과 먹는 것은 전혀 다릅니다. 사람들이 같을 것이라고 지레짐작할 뿐입니다. 그렇다고, 매사에 보는 것과 먹는 것을 꼭 일치시킬 수는 없고 그럴 필요도 없습니다.

펠레나 마라도나가 가장 훌륭한 축구 감독이 되는 건 아닌 것처럼 과거의 역사를 산 경험이 없어도 탁월한 역사학자가 될 수 있습니다. 그건 전혀 차원이 다른 문제이니까요.

무엇이든 잘해야 한다는 만능콤플렉스 때문에 놀랄 만한 성과물을 내놓고도 자기 머리 쓰다듬기가 잘 안 되는 후배에게 꼭 들려주고 싶은 얘기입니다.

만화의 세계에서는 '야구의 모든 것'을 구현해 사람들을 전율시키는 천재급 작가도 현실의 세계에선 공을 치고 3루로 달릴 수 있다니까요, 진짜로.

가장 먼저
배려할 사람

단골의 매력은 덤에 있습니다. 다른 손님 모르게 찌개 밑에 슬쩍 깔아주는 도톰한 목살, 메뉴에는 없지만 내 식성을 고려한 누룽지 후식 서비스, 이마의 열을 짚어보며 가족의 안부를 묻는 동네 의사의 푸근함, 샴푸를 하며 간단한 두피 마사지를 겸해주는 미용실 직원의 세심한 손길 등은 분명 단골만이 누릴 수 있는 호사입니다.

단골이라는 개념은, 주인과 손님 모두의 몸과 마음을 편안하게 합니다. '오래된 단골 가게가 즐비한 마을공동체가 현재와 같은 위험 사회의 적절한 대안일 수 있다'는 사회학적 진단은 그래서 심리적으로도 더없이 타당하게 느껴집니다.

'20퍼센트의 단골손님이 80퍼센트의 매출을 책임진다'는 마케팅 법칙을 들먹이지 않아도 장사의 성패가 단골에 의해 결정된다는 사실은 이젠 상식에 속합니다. 더 친절하고 더 상냥하고 더 먼

저 배려하기 등은 단골손님에 대한 일종의 덤입니다.

심리적인 측면에서, 나에게 있어 나만큼 오래된 단골은 없지 않나요?

그러므로 가장 먼저 배려하고 환하게 웃어주고 안부를 물어주어야 할 내 최대의 단골은 나일 수밖에요. 가장 오랜 역사를 가진 가장 중요한 단골에게 주는 당신의 덤은 무엇인지요……

자책은
이제 그만

선생님이 성적표를 나눠 주기 위해 학생 이름을 한 명씩 부릅니다. 자신의 성적표를 받아든 학생들 대부분이, 성적표를 보곤 (만족스럽다는 듯이) 박수를 치고 환호성을 지릅니다. 유럽에서 공부 중인 우리나라 여고생이 전하는 한 교실의 풍경입니다.

처음엔 겨우 두세 개만 틀려도 시험을 잘 못 봤다며 유럽 친구들 앞에서 울상을 짓다가 거의 왕따 수준의 공격을 받을 뻔했던 한국 여고생은 이제 그들을 이해하는 눈치입니다.

비단 교육에 국한된 문제는 아닙니다. 믿을 수 없이 많은 사람이 자신의 빛나는 특성을 순하게 인정하는 일에 더할 수 없이 인색합니다. 일부러 홈그라운드를 피해서 불리한 원정경기만 고집하는 불가사의한 운동팀이 있다면 그와 비슷하겠다 싶습니다.

이종격투기 선수가 자신의 주 종목은 접어둔 채 상대방의 주 종목에 맞춰 싸우면 이길 수 없는 게 자명합니다.

박태환을 축구장으로 데려가 박지성만큼 뛰지 못한다고 윽박지르고, 김연아에게 골프채를 쥐어주고 미셸 위처럼 스윙을 못한다고 한숨 쉬고, 조용필의 글발이 양인자만 못하다고 혀를 차기 시작하면, 견뎌낼 장사가 없지요.

저는 비교적 '홈그라운드의 이점'을 잘 활용하는 편입니다. 지나치게 자책하지도 않지만 나에 대한 상대방의 칭찬도 의심하지 않고 순하게 받아들입니다.

그럼에도 극심한 좌절감이나 열패감이 생길 때면 혹시 박태환이 축구장에서 헛발질하고 있는 건 아닌가, 김연아가 골프장에서 머리를 쥐어뜯고 있었던 건 아닌가, 찬찬히 돌아봅니다. 그럼 그것으로 상황이 명료하게 정리되는 경우가 대부분이던걸요.

자기보호는
실력

저와 잘 알고 지내는 어떤 이는 몸이 정직합니다. 물리적 상황 변화에 있는 그대로 반응합니다.

예를 들어, 늘 자던 만큼의 수면 시간이 확보되지 못하면 어떤 식으로든 그만큼이 보충되어야 하고, 조금이라도 무리했다 싶으면 반드시 충분한 휴식을 취해줘야 활동에 지장이 없습니다. 몸이 신경통 일기예보만큼이나 정확하게 상황에 맞대응합니다.

얼핏 호들갑스러울 정도로 건강관리를 하는 것처럼 보일 수도 있지만 의도적인 게 아니라 자동반응에 가깝습니다.

그의 에너지 지수가 놀랄 만큼 높은 데는 다 그만한 이유가 있는 거겠지요.

마음의 영역에서도 심리적 바이메탈 같은 그런 자동조절 기능이 있다면 지금보다는 훨씬 편안할 수 있겠지요.

하지만 그런 천혜의 재능을 갖지 못했다면 의식적으로 그렇게 되도록 피나게 노력할 수밖에요.

그래서 자기보호는 호들갑이 아니라 실력입니다.

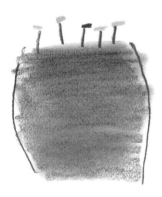

자기보호는 호들갑이 아니라 실력입니다

나를 사랑하는 일,
더 이상 미루지 말기

매사에 적극적인 한 경영자는 특이하게도 자동차 내비게이션을 부러워한다고 말합니다. 길을 잘못 들었을 때 내비게이션이 보여주는 신속한 오류 수정 능력 때문이랍니다.

내비게이션이 이전 경로를 포기하고 새 길을 찾는 데 걸리는 시간은 5초 안팎인데 인간은 왜 그렇게 빨리 자기 오류를 시정하지 못하는지 답답하다는 겁니다.

군대에서 하급자들이 가장 많이 쓰는 말은 '시정하겠습니다'라지요. 그와 운율을 맞추는 선임들의 맞대응은 '너는 시정만 하다가 군대생활 마칠 거냐?'고요.

'잘못된 것을 바로 잡는다'는 의미의 '시정(是正)'이 말처럼 쉽다면 그런 군대식 문답들이 스테디셀러처럼 존재할 리 없습니다.

내비게이션의 신속한 오류 수정 능력을 부러워할 수는 있지만 그건 기계이고 우리 대부분은 사람입니다. '배 째라' 같은 태도로 일관하는 것도 꼴불견이지만 가벼운 반성의 수준을 훌쩍 뛰어 넘어 자학 모드 수준의 시정 강박에까지 이르면 보기에 딱합니다.

살면서 무엇보다 먼저 시정되어야 할 것은, 자기를 잘 보듬지 못하고 귀히 여기지 못 하는, 자기애와 관련된 나태함이라고 저는 철석같이 믿고 있습니다.

그런 나태함을 바로 잡는 게 말처럼 쉽지 않으니 시정 강박에 대한 설왕설래가 지금도 현재 진행형으로 계속되는 거겠지요.

누구에게나
스타 본능이 있다

　　외국의 한 감독이 당대의 정상급 여배우 십수 명이 한 꺼번에 출연하는 영화를 촬영한 적이 있습니다. 우리로 따지자면 심은하, 이영애, 전지현, 전도연, 김혜수, 김희선, 문근영 등이 함께 출연하는 영화랄까요. 어느 곳에서든 자신이 중심인물이 되는 게 너무나 당연한 여배우들이 열 명 넘게 함께 있다 보니 팽팽한 신경전과 분란(紛亂)이 일상사가 될 수밖에요.

　　훗날 그 여배우들과 어떻게 일을 진행했느냐는 질문을 받을 때마다 감독은 이렇게 대답했답니다. "출연 여배우들이 자기가 중심인물이 아닌 것 같다는 느낌만으로 울거나 화를 내기 전에 자신이 먼저 벽에 머리를 박고 울었다"고요.

　　비단 주연급 여배우가 아니라도, 자신이 세상에서 가장 중요한 존재처럼 스포트라이트를 받고 싶은 마음은 본능적 끌림이 있는 은밀한 유혹임에 틀림없습니다.

　　　　　　　　　　　　　　　　　　　　　　　　첫 번째 처방전

머리를 찧는 감독의 입장이 아니라 '내가 더 중요하다'라고 고집하는 배우의 입장으로 살고 싶은 게 당연합니다. 그런 자신을 향해 미성숙하다고 눈을 흘기는 이가 있다 해도 솔직한 속내까지야 어쩌겠어요.

한 중견 여가수는 전성기 시절이나 지금이나 조용필도 아니면서 어떤 무대에서건 자신이 반드시 마지막을 장식해야 한다는 조건을 목숨처럼 고집한답니다. 심지어 조용필과 한 무대에 서게 되었을 때도 그랬다는군요.

저는 진심으로 그 마음…… 이해합니다.

물리적 상황이 어떻든 심리적으로 조용필이나 장동건이 되려고 노력하는, 건강한 자기애를 가진 모든 이에게 축복과 갈채를 보냅니다. 다만, 건강함을 넘어서는 그 순간부터의 자기애는 헛웃음과 손가락질의 대상이 될 가능성이 높다는 사실, 자각할 필요가 있습니다.

첫 번째 처방전

나만이
희망이다

제가 보기에 나무는 세상에 존재하는 모든 것들 중에서 공기와 함께, 백익무해(百益無害)하다고 말할 수 있는 유이(唯二)한 존재입니다. 물과 바람도 조금만 지나치면 두려움의 대상이 되는데, 나무는 비현실적일 만큼 흠이 없습니다. 완벽합니다.

그림 심리검사 중에 가장 많이 사용되는 것은 집, 사람, 나무의 3종 세트를 그리게 하는 것인데 그중에서 나무 그림은 그린 이의 무의식을 반영합니다. 나도 미처 인식하지 못하는 나의 내면을 드러내는 상징물인 것입니다.

인간의 무의식이 나무로 대변된다는 것은 다르게 표현하면, '모든 인간의 속마음엔 백익무해한 존재가 되고 싶다는 간절함이 존재한다'는 말입니다. 누가 시켜서가 아니라 완벽한 존재를 꿈꾸는 무의식이 존재한다는 것입니다.

그러므로 '사람만이 희망이다'라고 말할 때 '사람'이란 말의 맨

앞줄에는 늘 '나'가 있을 수밖에 없습니다.

믿을 수 없는 외부환경 때문이 아니라 스스로의 잠재력에 대한 너그러움과 믿음으로 '나만이 희망이다'라는 말을 실감한 적이 있다면 제 말이 무슨 말인지 금방 알아들을 수 있으실걸요.

희망이란 단어는 '나를 다독이고 애정하고 믿어줄 수 있는 능력'의 또다른 이름일지도 모른다, 저는 그렇게 생각하고 있습니다.

두 번째 처방전

내 마음을

쓰다듬고 보듬고

아프고 힘들수록 토닥토닥 다독다독

엄마가
기억하는 나

공중목욕탕의 탕 속에 누군가 갓난아기를 데리고 들어오면 분위기가 단번에 평화로워집니다. 서먹하게 마주하고 있던 사람들이 아기를 중심으로 가족처럼 재구성되는 느낌마저 듭니다. 총알이 핑핑 날아다니는 전쟁터 한가운데 아장거리는 아기가 등장하니 잠시 총성이 멈추는 영화의 한 장면, 과장이 아니다 싶습니다.

모든 아기에게는 막강한 치유적 힘이 있습니다. 그건 어쩌면 인간이라는 존재가 가진 치유적 힘의 원형적 형태일지도 모릅니다. 누구나 한때는 다 아기였으니까요. 그 자체로 치유적 존재였으니까요.

어느 연쇄살인범이 사형이 집행되기 전날 엄마와 마지막 전화통화를 하며 "아직도 내 안에는 엄마가 기억하는 나도 있어"라며 흐느꼈다지요. '엄마가 기억하는 나'란 치유적 기운을 내뿜는 인간의 심리적 원형일 겁니다.

살다 보면 치유적 존재의 도움이 절실해 두리번거리게 되는 때가 있습니다. 하지만 대개 그것은 파랑새 찾기처럼 내 안에 있는, '엄마가 기억하는 나'를 찾는 과정과 다르지 않습니다.

내가 깊이 사랑하는 누군가가 기억하는 '나'를 떠올리는 바로 그 순간, 모든 인간은 치유적 존재가 된다고 저는 느낍니다.

누구나 한때는 다 아기였습니다

결핍
동기

어려서부터 큰 병을 앓는 아이가 성장해서 의사나 간호사가 되려고 하는 것은 자신에게 없는 건강에 대한 결핍 동기가 중요한 원인일 수 있습니다.

외국의 한 연구에 의하면, 성공한 정치 권력자 중에는 어린 시절 결핍감이 컸던 사람이 많답니다. 결핍감을 메우기 위해 다른 사람보다 더 힘에 집착하게 되고 그래서 정치가라는 직업을 선택하게 되는 경우가 많다는 거지요.

쿠바는 생약과 유기농 분야에서 세계 최고의 수준을 자랑하는 나라입니다. 수십 년간 이어진 미국의 강력한 경제봉쇄로 의약품과 비료가 생존을 위협할 정도로 부족한 상태에서 어쩔 수 없이 선택한 길입니다. 그런 점에서 쿠바는 총체적인 결핍 동기의 나라라고 할 수 있습니다. 쿠바를 '비자발적 채식주의의 나라'라고 부르는 것도 비슷한 이유이겠지요.

두 번째 처방전

살다 보면, 원하지 않던 방향으로 일이 잘 풀리는 경우가 있습니다. 주인에게 억하심정이 있던 설렁탕집 주방장이 주인에게 손해를 끼칠 요량으로 뚝배기에 고기를 듬뿍듬뿍 넣었더니 '고기 반 국물 반'이라는 소문이 나서 최고의 설렁탕 전문점이 되었다는 전설처럼요.

그래서 모자람이 성취의 가장 중요한 동기라는 성공신화는 어떤 경우엔 가장 마음에 와 닿는 잠언이 됩니다. 지금 무언가 모자란다고 느낀다면 '조만간 무엇을 이루겠구나' 하는 신호일지도요.

결핍 동기를 통해서 쿠바나 설렁탕집처럼 어떤 성취의 단계에 도달할 수 있는 복된 나날이시길.

질곡의 시간은
벼락처럼 끝난다

현재 인기도 최고지만 수입 또한 실하기로 소문난 한 가수는 3년 동안의 연습생 시절, 창문도 없는 옥탑방에서 라면 한 개를 삼등분해 끼니를 때우며 하루하루를 살아냈답니다.

현재의 돋보이는 결과를 중심으로 그때의 시간을 재구성하면 역경을 극복한 아름다운 성공기가 되지만 당시엔 그런 고난의 시간이 3년이 될지 10년이 될지 알 수 없었을 겁니다.

사회적 차원의 구조적 빈곤과 차별의 문제와는 별개로, 살다 보면 '창문도 없는 옥탑방 같은 시간'을 견뎌야 하는 경우가 있습니다. 그런 순간에는 자신의 암울함, 슬픔, 분노, 열패감, 소외감이 끝도 없이 이어질 것처럼 느껴집니다.

하지만 1945년 8월 15일 해방이 되기 전날까지도 대다수 국민은 해방의 낌새를 전혀 알아차리지 못한 것처럼 물리적이든 정서적이든 질곡의 시간은 대개 느닷없이 끝이 납니다.

두 번째 처방전

그런 때 꼭 필요한 것은 10센티미터만 더 파 들어가면 금맥을 발견할지 모르는데 여기서 포기할 순 없다는 강철 같은 의지가 아닙니다. 훗날의 빛나는 나를 위해서가 아니라 지금 현재의 나를 살갑게 보듬고 다독일 줄 아는 자기긍정성입니다.

그러면 모든 정서적 질곡의 시간은 벼락처럼 끝이 나게 되어 있습니다, 반드시.

"이름이
뭐였나요?"

오랫동안 간절히 원하던 아기를 얻었는데 불행하게도 백일도 안 돼 아기를 저 세상으로 떠나보낸 엄마가 있었습니다. 반년이 지나도록 망연자실한 그녀를 위로하는 말들이 이어졌습니다.

"인연이 닿지 않는 아이였나 보다. 애초부터 세상에 안 나왔다 생각하고 다 잊어라."

그들의 선의를 잘 알고 있지만 젊은 엄마는 고맙기보단 화가 치밀거나 뼛속 깊이 서운하기만 했답니다.

그녀가 자기를 추스르기 시작한 건 어느 날 길을 걷다 우연히 들어간 정신과에서 의사가 던진 첫 질문, "그 아이 이름이 뭐였나요?"라는 말을 듣고 나서부터였답니다.

사람들은 아기가 마치 세상에 존재하지 않았던 것처럼 엄마를 위로했습니다. 당연히 아무도, 백일도 안 돼 세상을 떠난 아이의 이름을 궁금해 하지 않았지요.

두 번째 처방전

아기의 이름을 말하면서 엄마는 아기가 자신에게 어떤 존재였는지를 분명하게 느끼면서 또렷한 슬픔을 표현하기 시작했습니다. 그러면서 동시에 자신의 아기가 세상에서 한 '존재'로서 인정받았다는 생각이 들었던 겁니다.

상대방에게 내 슬픔의 실체 그대로가 전달되고 흡수되었다는 느낌이 들면 모든 위로는 그것으로 충분하고 또 충분합니다.

내가 그렇다면…… 다른 사람 또한 마찬가지겠지요.

때로는 침묵도
필요하다

정신분석에서는 내담자가 어떤 이야기를 하다가 침묵을 하면 침묵 직전의 이야기에 그 사람의 핵심 메시지가 담겨 있을 가능성이 많다고 판단합니다.

둘 이상이 모인 자리에서 침묵이 흐를 때 가장 먼저 입을 여는 사람은 침묵의 불안을 견디는 인내지수가 제일 낮은 사람입니다.

침묵을 견딜 수 있는 힘은 일종의 심리적 능력입니다. 경험에 비추어 볼 때, 침묵이 없는 이야기는 무의미한 경우가 많습니다.

심리적 휴지기(休止期)를 견디지 못하는 삶 또한 크게 다르지 않습니다. 적절한 휴지기를 삶이 정체된 것으

로 착각해 침묵의 불안을 견디지 못하는 사람처럼 불필요하게 신발끈을 조이다 보면 괜한 에너지 소모가 많을 수밖에요.

침묵 직전의 이야기에 핵심 메시지가 담겨 있듯이 심리적 휴지기 뒤에는 반드시 삶의 고갱이가 있다, 저는 그렇게 믿고 있습니다.

마음의
허드레 공간 짓기

아파트 베란다를 터서 거실을 넓힌 이들이 흔히 겪는 어려움 중 하나는 비오는 날 창문을 열 수 없다는 것입니다. 완충 지대가 없어 비가 바로 들이치니까요.

고급승용차를 타는 이들도 비오는 날 창문을 열지 못하긴 마찬가지입니다. 고급차의 품격이 떨어진다고 창문의 비를 막아주는 '선바이저(sun visor)'를 달지 않는 경우가 대부분이니까요.

살다 보면 잠자는 시간마저 아까운 경우도 있긴 합니다. 하지만 수면이란 낮 동안 입력된 정보들이 정리되고 저장되는, 인간의 두뇌에서 정보처리 과정의 마지막 순서가 진행되는 필수적인 시간입니다. 삶의 순환을 위해서 꼭 필요한 시간이지요.

잠잘 시간을 아껴서 그 시간에 공부를 더하면 금방 훌륭한 사람이 될 것 같지만 경험칙으로 그렇지 않다는 사실을 이제는 다 알지 않나요?

마음의 영역에서도 이런 순환의 법칙은 그대로 적용됩니다. 한옥의 광 같은 허드레 공간이 있어야 인간의 마음은 정상적으로 순환됩니다. 그런 때의 허드레 공간이란 가장 요긴한 공간의 또다른 이름이겠지요. 여백이란 그런 것입니다.

'100'의 출력을 가진 오디오 기기를 '70' 정도로 해놓고 음악을 들을 때 가장 편안한 소리를 느낄 수 있는 것처럼, 자기의 원래 목소리보다 나지막하게 말하던 어떤 남자가 섹시하게 매력적이었다는 어느 여인의 고백, 그래서 저는 백 번 동감한답니다.

한옥의 광 같은 허드레 공간이 있어야
인간의 마음은 정상적으로 순환됩니다

남들은
잘 모르겠지만……

군에 입대하는 젊은이들이 집결하는 훈련소 앞은 공기 마저 안타까운 느낌입니다. 입대하는 사람 수보다 많은 배웅하는 사람들이 입대하는 사람들과 한데 엉켜 불안, 초조, 한숨, 아쉬움, 눈물을 쏟아냅니다.

하지만 훈련소에서 근무하는 병사나 그 앞에서 장사하는 이들의 처지에서 보면 일주일에 두 번씩 반복되는 일상적 업무일 따름입니다.

누군가에겐 더할 수 없는 애절함이 누군가에겐 심드렁한 일상인 것이지요. 순환 반복되는 우리 삶의 한 풍경입니다. 산부인과나 결혼식장 근무자들에게 당사자인 나만이 가질 법한 새 생명의 신비나 첫 출발의 설렘을 내 맘처럼 공유하게 할 수 없음을 잘 알면서도, 나는 좀 특별한 경우이고 싶은 마음까지 포기하긴 어렵습니다.

그런 때 귀에 쏙 들어오는 것은 '남들은 잘 모르겠지만 당신은

똑같지만
다르기도하다

훨씬 특별한 감정일 것이다' '이렇게 잘 참는 경우는 처음이다' 같은, 어쩌면 의례적일 수도 있는 말들입니다. 그 말들이 사실이 아닐 수도 있다는 것을 몰라서가 아닙니다.

인간의 마음은 사실이 아니라 정서적 지지 세력에 더 많은 영향을 받는 희한한 구조적 특성이 있어서 그렇습니다.

앞에서는 민망하면서도 돌아서면 혼자 벙싯거리게 되는 누군가의 어떤 말들, 왜 한 가지씩은 있잖아요, 다들.

마음아,
숨을 참지 마

묵언수행이 기본인 한 수도원에서 수도자들이 갑자기 병에 걸리기 시작했답니다. 음식, 기후, 잠자리 등 병의 원인이 될 만한 것들을 점검하다가 그 원인이 생각지도 못한 곳에 있다는 사실을 알게 되었습니다.

매일 일정한 시간에 한데 모여 소리 내 기도하는 시간이 있었는데 새로 온 원장이 기도할 때 소리를 내지 못하게 규칙을 바꾸면서 그게 병의 원인이 되었다는 겁니다. 실제로 다시 소리 내 기도하면서 병이 사라졌다네요.

묵언수행 하는 수도자도 내면의 소리를 밖으로 털어내지 못하면 병에 걸립니다. 그러니 일상에서 사람들과 부대끼며 사는 장삼이사(張三李四)들이야 더 말할 게 없지요.

세계 기록은 17분이라지만 사람들 대부분은 5분 이상 숨을 참기 어렵습니다. 그 시간이 넘어가면 뇌사 상태에 빠집니다. 그럼에

소리가 떨어진다

도 불구하고 사람들의 심리적 숨 참기는 경악의 수준입니다. 5분이 아니라 5년, 심지어 수십 년 동안 숨을 꾹 참고 지내는 이들도 허다합니다. 자기도 모른 채로요.

한 심리학자는 '인간의 모든 심리적 문제를 사람이 숨을 참고 있을 때 생겨나는 것'이라고 탁월하게 정의했습니다. 자기 주변에서 벌어지는 상황을 안으로 받아들이지 못하거나 자기 안쪽에 있는 것을 밖으로 내보내지 못할 때 고통을 겪는다는 거지요.

내가 지금 숨을 참고 있다는 자각, 그것을 털어내는 심리적 숨쉬기. 이것은 능력 이전에 생존의 문제입니다. 침묵이 인간의 내면을 위대하게 한다면 소리내기는 사람의 일상을 편안하게 합니다.

눈감아 주고
속아도 주고

'우리 아이는 머리는 좋은데 노력을 안 해.' 어디서 한 번쯤 들어봤음직한 소리입니다. 인간은 뇌기능의 10퍼센트 정도밖에 사용하지 못한다는 속설 또한 익숙합니다. 하지만 외국의 한 연구진은 '뇌스캔'을 통해 이런 속설이나 믿음이 사실과 다름을 밝혀냈습니다, 야박하게도.

연구 결과, 인간의 뇌 중 활동하지 않는 부위는 없답니다. 뇌의 모든 부위가 지능, 행동, 능력 등에 영향을 끼친다는 거지요.

그럼에도 이런 잘못된 상식이 사람들 마음속에 정설로 자리 잡는 것은 자신의 뇌능력을 다 쓰지 않아 아직 잠재력이 풍부하다고 믿고 싶은 우리들 마음…… 때문이라네요(왠지 마음이 짠합니다).

살다 보면, 출근길 만원 버스에서 짐짝이 된 듯한 자신의 모습이 싫어서 내가 가는 방향과는 상관없이 자리가 비어 있는 버스를 타고 싶거나 실제로 그런 버스에 올라타는 날이, 있을 수 있습니다. 윗사람에게 그런 상황을 합리적으로 설명하거나 동의를 구할 수 없음을 잘 알면서도요.

부모가 자식 문제를 알면서도 속아주는 것처럼 가끔은 설명하기 어려운 방향으로 내닫는 '내 마음'에 눈감아 주는 것도 정신건강을 지키는 좋은 방법입니다.

아직도 달나라엔 계수나무 옆에서 절구 찧는 옥토끼가 살지 모른다는 짧은 공상. 적당한 한기와 훈풍이 공존하는 봄밤의 달을 올려다보며 한 번쯤 그런 공상을 한들 무슨 큰일이 있을라고요.

두 번째 처방전

'내 마음을
빌려주고 싶다'

한 남성이 보기에 자신의 파트너는 '잘 느끼는' 편이랍니다. 동일한 상황에서도 정서적으로 자신보다 훨씬 많은 걸 향유한다는 거지요.

예를 들어 연극을 함께 가면 공연장 공기가 유쾌해질 정도로 깔깔거림이 유난하고, 맛난 음식을 먹으면서는 저 홀로 '맛있다'는 감탄사를 연발하며, 제주올레 같은 좋은 풍광 속에선 동행자에게 '참 좋다, 그렇지?'를 종달새처럼 반복한다나요.

그러니 사람과의 관계에서는 오죽하겠어요. 상대방의 희로애락을 투명한 여과지처럼 있는 그대로 흡수하는 것으로 느껴진다네요.

자의식의 예민도가 지나쳐 마음에 구김살이 조금씩 있는 그 남성에게 그녀가 자주 하는 말 중 하나는 '내 마음을 빌려주고 싶다'랍니다.

마음을 빌린다는 게 생뚱맞게 들릴 수도 있지만, 이제는 공중급유 받듯 파트너로부터 가끔 마음을 빌려와 편안할 때도 있다는 게 그 남성의 은밀한 고백입니다.

약간의 오해와 편견의 혐의가 있는 고백이긴 하지만 그 남성의 파트너 그러니까 제가…… 생각하기에, 마음을 빌려준다는 것은 치유의 또다른 이름입니다.

제가 직업적으로나 개인적으로 치유자로서 기능하는 면이 있다면 그래서 어떤 이들에게 제 마음을 빌려주고 있다면 그건 아마도 '잘 느끼는' 제 심리적 곳간에서 비롯하는 것인지도 모릅니다.

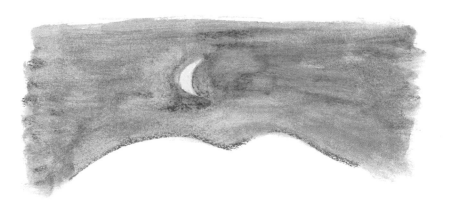

마음을 빌려준다는 것은 치유의 또다른 이름입니다

가장 실용적인
해결책

덴마크에서 실업자 문제 해결을 위한 핵심 정책은 심층 상담이랍니다. 공공고용센터에 수백 명의 상담원이 상주하면서 실업자의 과거 경력, 가정환경, 건강, 개인적 고민까지 들어주는 덴마크의 실업자 정책을 토건 사업 위주의 일자리 창출과 속도를 우선시하는 우리 현실의 관점으로 살펴보면 한가하다 못해 한심해 보일 수도 있습니다.

하지만 실업자의 마음속 얘기에 귀 기울이는 심층 상담이 장기적으론 실업을 더 줄일 수 있는 가장 실용적인 정책이란 사실은 흥미롭습니다. 실제로 덴마크는 이런 종류의 실업자 정책으로 실업률이, 유럽 연합 15개 국가의 절반 정도에 불과한 것으로 알려져 있습니다.

언제나, 인간에게 마음이 있다는 사실을 인식하고 그것을 헤아리는 모든 행위는 가장 근본적인 동시에 가장 구체적이고 실용적

입니다.

'떡 5개와 물고기 2마리로 5천 명을 먹였다'는 '오병이어'의 기적을 눈앞에서 보여줘야 절대자의 존재를 믿는 것처럼 '마음의 흐름'도 볼 수 있고 계량할 수 있는 것이라야 믿을 수 있다면 삶에서 불필요한 에너지 소모가 극심해질 수밖에 없다고, 저는 믿습니다.

홀가분하다

언어분석 연구 결과에 의하면 우리나라 사람들이 감정을 표현할 때 자주 쓰는 말은 430여 개랍니다. 그것을 불쾌와 쾌(快)의 단어로 구분하면 7 대 3 정도의 비율이고요.

그중에서 사람들이 쾌[긍정]의 최고 상태로 꼽은 단어는, 다시 말해 쾌를 표현하는 단어 중 그 정도가 최고라고 꼽은 것은 '홀가분하다'는 말이었습니다.

얼핏 생각하면 의미 있는 성취나 물질적 획득 혹은 짜릿한 자극에서 비롯하는 '죽인다, 황홀해, 앗싸' 같은 단어가 쾌의 최고 경지일 듯싶습니다. 그런데 인간의 마음이란 그와 달리 무엇이 보태진 상태가 아닌 '거추장스럽지 않고 가뿐한 상태'에서 가장 큰 기쁨을 느낀다는 거지요.

미처 그 사실을 알지 못해 자꾸 무언가를 추구하면서 심리적 헛발질을 하고 있을 뿐. 알면, 당연히 홀가분한 길을 택하겠지요.

이제야 나무가 보인다

아직 때를
만나지 못한 이들에게

'집에서 만들면 거리 포장마차 같은 어묵 맛이 나지 않는다'는 갸우뚱에 공감하는 이들, 많습니다. 그게 단순히 기분이나 분위기의 문제가 아니라네요.

요리 전문가에 의하면 결정적 이유는 시간에 있습니다. 어묵은 은근한 불에 오래 익혀야 제맛이 나는데 집에서는 30분가량이면 먹을 수 있도록 센 불에 빨리 익히니까 그 맛이 안 난다는 거지요.

때로 시간이라는 변수는 다른 모든 요소들을 압도할 만큼 강력하고 결정적입니다. 아직 아침이 되지 않았는데 태양을 솟아오르게 하는 묘수, 절대 없습니다.

그러므로 아직 때가 아닌 일에서 스스로를 닦달하고 조바심내는 일, 어리석습니다. 자신을 생채기 내거나 손가락질하지 않고 아직 때가 아니겠거니 느긋하면 됩니다.

강제로 태양을 솟구치게 하기 위해 온갖 방법을 동원하지 않아도 자신을 잘 보듬고 격려하고 애정하면 둥근 해 뜨는 아침, 저절로 옵니다. 아침이 왔는데도 태양을 떠오르게 하지 않을 묘수가 세상 어디에도 없다는 정도는 다 알지 않나요?

아직 때가 되지 않아 물이 오르지 않은 모든 이에게 안부⋯⋯ 전합니다.

다독다독
내 마음

자신에게 선물하는 방식으로 〈그림에세이〉를 신청한 이가 있었습니다. 스스로에게 보내는 간단한 내용이지만 온 체중을 실은 느낌이더군요.

'혜인아, 넌 그 누구보다 소중하고 아름다운 사람이란다!'

상처 난 손가락을 보듬어주는 모정처럼 저는 그 마음에 정성을 다해 호~호 입김을 불어 넣었습니다.

'카메라 마사지 효과'란 카메라에 자주 접촉하면 할수록 외모가 매력적으로 변한다는 속설 같은 정설을 일컫는 말입니다. 성형 때문이 아닌데도 데뷔 초기에 비해 놀랄 만큼 외모가 좋아지는 연예인들을 발견하게 됩니다.

전문가들은 그 이유를 카메라에 노출될수록 카메라에 순응하여 최상의 심미적 구도를 찾게 되고 그로 인해 완전히 다른 모습으로 바뀌어서 그렇다고 설명합니다.

두 번째 처방전

그런 종류의 마사지 효과 이론이 어떤 영역보다 극적으로 나타나는 곳은 자기 자신을 다독일 때입니다. 〈그림에세이〉를 자신에게 선물하는 어떤 이처럼 자기 마음에 지속적으로 귀 기울이면 그 효과를 생생하게 체감할 수 있습니다.

누구나 인생의
위대한 주연

몸과 마음을 다해 사랑했던 상대가 실상은 뼛속까지 사기꾼이었다는 사실을 알게 된 이들이 끝까지 확인하고 싶어 하는 것은, '그래도…… 날 진심으로 사랑했던 적이 한 번이라도 있지 않았느냐?'는 질문에 대한 답이라지요.

내 존재감을 확인하고 싶은 안간힘의 한 표현입니다.

영화 시작하자마자 주인공의 멋진 펀치 한 방에 제일 먼저 사라지는 엑스트라, 눈에 들어오지 않는 게 당연합니다.

하지만 그 엑스트라가 내 동생이거나 아끼는 후배일 경우엔 얘기가 달라집니다. 비록 영화 속에서는 들러리 삶이지만, 내게는 그들의 존재감이 태산처럼 크게 느껴질 수도 있습니다.

수제과자를 선물 받으면 사람들 대부분은 선물을 준 상대방이 자신을 특별하게 생각하는 것으로 간주한답니다. 실제로 그럴 수도 있지만 '간주하는' 경우가 훨씬 많다는 거지요. 그처럼 내 존재

두 번째 처방전

감을 일깨우는 특별한 징후에 대해 사람은 잘 달구어진 프라이팬처럼 즉각적으로 반응합니다. 본능에 가깝습니다.

그러니 내 존재 자체가 묵살되는 듯한 상황에서는, 한없는 슬픔에 잠기거나 폭발적으로 격렬해질 수밖에요.

절박한 것은
꼭꼭 숨어 있다

길게 줄 서 있는 화장실 앞에서 배를 움켜쥔 채 앞줄에 선 사람에게 양보를 부탁하는 유머가 있었습니다.

"제가 너무 급해서…… 그러는데…… 먼저 실례 좀…… 하면 안 될까요?"

부탁받은 이가 온갖 몸 언어를 동원해서 들려주는 거절의 요지는 간단하고 명료합니다.

"너는 말.이.라.도. 나오지!"

'가장 고백하기 힘든 사연이 그 사람 생에서 가장 소중한 의미를 지닌다'는 어느 소설의 첫 문장은, 그래서 깊은 우물물처럼 훅, 숨을 들이켜게 합니다.

가장 깊고 절박한 것들은 잘 드러나지 않습니다. 삶의 갈림길에서 꼭꼭 봉인되어 있던 자신의 사연을 털어놓을 누군가가 존재했다면 그것은 축복입니다. 털어놓을 마음이 생겼다는 그 자체로 소

두 번째 처방전

중한 의미를 가지니까요.

'임금님 귀는 당나귀 귀'라고 외쳤던 이발사보다 더 개운하게 가슴이 뻥 뚫리는 듯한 그 느낌을 어떻게 표현할 수 있을까요.

그런 점에서 본다면 홀가분하게 살기 위한 첫 번째 조건은, 자신의 가장 고백하기 힘든 사연을 훌훌 털어놓을 누군가를 만드는 일입니다.

혹시 어떤 그리운 이름이 생각나시는지요…….

나를 인정해 주는
꼭 한 사람

고아로 자란 이들 중에는 미련할 정도로 참을성을 가진 사람이 적지 않습니다. 내가 필요할 때 원하는 만큼의 물리적, 정서적 보살핌을 받을 수 없었던 이들에겐 참는 것이 하나의 성격이 됩니다.

영화감독 출신 아버지 때문에 '대학에 가서야 다른 친구들 집에 영사기가 없다는 걸 알았다'는 누군가처럼 남들도 다 그렇겠거니…… 생각합니다.

남들이라면 수술을 받아야 할 만큼 다급한 상황에 비로소 '병원을 가봐야 하나?' 그렇게 생각합니다. 지나친 인내심은 자기보호 기능을 마비시킵니다.

고아 출신의 한국 부인과 살고 있는 어느 외국인은 결혼 직후 아내에게 펀치 볼을 사줬답니다. 아내가 너무 참는 게 많아 보여서 순간순간 펀치 볼에 풀어버리라고요.

아내의 말에 의하면, 남편의 처방이 무척 도움이 되었다는군요. 펀치 볼도 유용했지만 자신을 진심으로 걱정해 주고 지지해 주는 '한 사람'이 생겨서 그랬습니다.

둘러보면 '심리적 고아'처럼 살고 있는 이들이 의외로 많습니다. 그런 이들에게 필요한 건 나를 인정해 주고 격려해 주는 '꼭 한 사람'입니다. 내가 누군가에게 '꼭 한 사람'이 되어주면 내게도 그런 사람이 반드시 나타나게 되어 있습니다.

그대가 있어
오늘 하루가 든든합니다

가파른 등산로를 오르며 가쁜 숨을 몰아쉬는데 뒤에 오던 나이 지긋한 중년남자가 지그재그로 올라가면 숨이 차지 않는다는 요령을 일러줍니다. 해보니, 사실입니다.

예전에 자신의 아버지가 손수레를 끌고 언덕을 오를 때 지그재그로 올라갔던 기억이 나서 경사가 급한 길을 오를 땐 늘 그렇게 하는데 힘이 훨씬 덜 들더라는 거지요.

그제야 언젠가 등산 경험이 많은 선배가 일러준 지그재그 산행법이 생각났습니다. 실제로 한두 번 그런 방법을 사용해 오르막길에서 효과를 본 적도 있는데 까맣게 잊고 있었던 모양입니다.

때로 길을 가다 보면 내가 잊고 있었던, 내 안에 있는 어떤 것들을 문득, 자극하는 길동무를 만나게 됩니다. 나를 기분 좋게 흔들어 내 삶을 훨씬 편안하고 안정적으로 만드는 동무들입니다. 아마도 그런 사람을 일컬어 '도반(道伴)'이라고 하는 것이겠지요.

110

서로 빈곳을 채워주기위해서 있다

내 삶의 도반들이 누구인지 생각하다가 오르막길 등정 요령을
일깨워주고 앞서 오르는 중년남의 등 뒤에서 마음속 깊이 합장했
습니다.

　복되게도…… 제게는 그런 상시(常時)적 도반이 세 명이나 있더
라고요.

당신의 꽃밭,
함부로 짓밟을 수 없다

금지된 장소에 상습적으로 쓰레기를 버리는 사람들 때문에 분란이 끊이지 않는 동네가 있었습니다. 강력한 경고 팻말도, 부드러운 회유의 대자보도, 심지어 감시 카메라까지도 아무 소용이 없었답니다.

이 문제를 해결한 방법은 의외로 간단했습니다. 불법 투기 장소에 화단을 만들었더니 아무도 쓰레기를 버리지 않았다는 겁니다.

심리학자들의 심도 있는 연구 결과에 의하면, 그 근원은 다른 사람의 선의(善意)에 대한 존중입니다.

"이런 꽃밭을 만들었다면 누군가 많은 정성을 기울였을 것이다. 그렇다면 내가 그것을 존중해야 마땅하다."

화단을 본 사람들 마음에 이런 생각이 들기 때문에 쓰레기를 버리지 않는다는 것입니다.

본래 사람이란 그러한 존재, 라고 저는 느낍니다. 선의에서 비롯한 누군가의 행동을 존중하려는 마음가짐이 거의 본능처럼 내재해 있는 존재라고요. 나도 누군가로부터 그런 대접을 받기 원하는 무의식적 욕구에 따른 당연한 결과일지도 모릅니다.

그러므로 내가 겪고 있는 어려움과 외로움을 누군가에게 노출하는 일, 주저할 이유가 없습니다. 나의 진정성을 존중해줄 본능이 충만한 이들 앞에서 괜히 억누르고 이리저리 따져 보는 일, 어리석지 않나요.

경험해 보니 인간이 가진 '존중 본능'을 빨리 알아차릴수록 삶이, 온몸이 날개인 나비처럼 훨훨 가벼워지던걸요.

인간이 가진 '존중 본능'을

빨리 알아차릴수록

삶이, 온몸이 날개인 나비처럼

훨훨 가벼워집니다

전략적 낮잠이
필요하다

비행기에서 비상시 산소호흡기를 사용하는 방법에 대한 안내를 받을 때, 어린이와 동승했을 경우 보호자가 먼저 산소호흡기를 착용한 다음 아이에게 호흡기를 씌워주라는 안내를 들으며 의아했습니다. 무조건 아이부터 보호해야 하는 일반적 상식에 어긋난 안내처럼 느껴져서요.

하지만 그럴 만한 이유가 있더군요. 본능적으로 아이를 먼저 챙기다 보면 어른에게 호흡 곤란이 올 경우 아이가 적절한 조치를 취할 수 없는 것은 당연지사, 어른과 아이 모두가 위험해 질 수 있는 까닭에 어른이 먼저 착용해야 한다는 겁니다.

때로, '나부터' 챙겨야 모두가 평안해지는 경우가 있습니다. 그래야 더 많은 사람이 생존할 수 있는 비상한 상황도 있습니다. 하지만 그런 상황에서도 나부터 챙기는 일은 생각만큼 쉽지 않습니다. '나부터 살고보자' 식의 야비한 이기주의 테두리 안에 내가 속할지도 모른다는 두려움 때문에 그렇습니다.

그런 두려움을 극복하고 우선적으로 자기보호 기능을 발동해야 하는 순간을 분별하는 일은 중요합니다.

레오나르도 다빈치는 매일 일정한 시간에 낮잠을 잤는데, 후세의 일부 사가(史家)들은 그걸 '전략적 낮잠'이라고 명명했습니다. 그의 천재성을 발휘하기 위해서 꼭 필요한 휴식이었다는 의미이겠지요. 다빈치 같은 천재에게만 그런 전략적 낮잠이 필요한 건 아닐 겁니다.

꼭 필요한 순간에 '나부터' 보호할 수 있는 전략적 이기주의가 자동적으로 작동할 수 있어야 성숙한 인간입니다. 물론 치졸한 이기주의를 전략으로 포장하는 사람은 제외하고요.

치유의 밥상

좋아하는 음식의 종류를 열거하기는 쉬워도 그중에서 딱 한 가지만 고르라면 선택이 쉽지 않게 됩니다. 이런저런 사소한 갈등이 생기기 때문입니다.

하지만 잊을 수 없는 밥 한 그릇을 꼽아 달라는 질문에 대한 대답은 비교적 명확합니다. '잊을 수 없는 밥 한 그릇'이란 화두 앞에서 특급 호텔의 뷔페 음식을 떠올리거나 회장님과의 만찬 때 먹었던 갈비찜 따위를 거론하는 경우는 없을 테니까요.

저는 그런 종류의 잊을 수 없는 밥 한 그릇 안에 치유적 힘의 원형이 담겨있다······고 생각하는 쪽입니다. 실제로 밥이 가진 힘이 그러합니다.

놀라운 영도력의 비밀을 묻는 질문에 "많이 믹여야 돼"라고 설파하는 영화 속 동막골 촌장님의 그 유명한 핵심정리가 단지 물질적 풍요나 경제성장의 필요성을 의미하는 게 아니란 사실은, 적어도 치유의 영역에선 상식에 속합니다. 그때의 밥이란 물리적 의미의 밥을 넘어서는 것이니까요.

내 기억 저편에 웅크리고 있는 '어린 나'를 살뜰하게 배려하고 보듬어 주는 듯한 밥상을 마주하는 일은 그 자체로 치유입니다. 당연히 그런 치유적 밥상을 누군가에게 마련해 주는 모든 이는 치유자일 수밖에요.

그러므로 치유자가 되는 가장 확실한 방법은, 어떤 이가 진심으로 원하고 있을 따뜻한 밥 한 상 차려서 함께 수저를 나누는 일입니다.

그런 게 치.유.적. 밥.상.이겠지요.

언제나

당신이 옳습니다

나의 결대로 나의 호흡대로

당신이
늘 옳다

　　모두가 부러워하는 어느 공기업의 임원이 늦은 밤에 전화를 했습니다. 작은 규모의 민간 기업으로 자리를 옮긴다고요. 저는 물론 '잘했다. 아마 그 결정이 백 번 옳을 것이다' 지지하고 격려했습니다. 평소 사리판단이 똑 부러지기로 소문난 사람이기도 했지만 그런 결정을 한 데는 그만한 이유가 있었을 테니까요.

　　알코올 기운이 조금 묻어 있긴 했지만, '진심으로 고맙다……'는 목멘 그의 인사말이 전해져 왔습니다. 제가 그에게 더 좋은 자리를 알선하거나 조언해 준 바가 없음에도요.

　　주위 사람 누구도, 심지어 아내조차도 그 결정을 반기지 않았답니다. 놀랍게도, 그의 결정을 지지해 준 사람이 저 하나였다는군요. 그의 사례가 특별한 경우라서가 아닙니다. 저는 이런 경험을 적지 않게 합니다, 수시로.

　　주위 사람들의 걱정과 반대 논리를 이해 못 할 바 없습니다. 하

지만 결정의 당사자만큼 많은 갈등과 번민이 있었을라고요. 누군
가 어떤 결정을 한 데는 다 그만한 이유가 있게 마련입니다.

그런 까닭에 제가 심리적 영역에서 가장 자주 입에 올리는 말
은 '임신부 식성론'입니다. 말은 거창하지만 간단한 얘기입니다. 임
신 후 갑자기 먹고 싶어지는 음식은 현재 내 몸에 꼭 필요한 것입
니다. 내 몸에 필요한 것이 자동적으로 당기는 것이지요. 그걸 먹
으면 됩니다. 그게 지금 나와 태아에게 가장 필요한 것이니까요.

자기 결정에 불안해하고 그 결정을 확인 받고 싶은 간절함에 외
로운, 모든 이들에게 무한의 지지와 격려를 보냅니다.

당신이. 늘. 옳습니다.

'잘했다. 아마 그 결정이 백 번 옳을 것이다'

심리경호

커피재배 현황을 조사하러 아프리카에 갔던 한 경제학자는 그곳 아프리카의 가뭄과 기아의 고통을 목격한 후, 아프리카의 참상을 알리는 데는 경제학 보고서보다 사진이 더 유용하다는 결론을 내리고 사진 찍는 일로 직업을 바꾸었습니다. 잘 알려진 대로, 그 주인공은 20세기 최고의 다큐멘터리 사진작가로 평가받는 세바스티앙 살가도(Sebastiao Salgado)입니다.

아프리카의 참상을 알리는 데 '경제학 보고서보다 사진이 더 유용할 것'이라는 살가도의 결론은 다른 사람의 지지를 쉽게 받을 수 없었을 겁니다. 경제학처럼 이론적 근거가 명확한 사실이 아니라 남들은 잘 알 수 없지만 내 마음속에서는 내적 근거가 확실한, 그런 부류의 결론이었을 테니까요.

더구나 경제학 박사씩이나 되는 사람이 사진 찍는 일을 직업으로 삼겠다고 했을 때 주위 사람들이 보였을 그 관습적인 반대와

세 번째 처방전

핏대는, 안 봐도 비디오 아니겠어요?

남들이 이해할 수 있도록 내 소망을 조목조목 설명할 수 없다고 해서 그것이 잘못된 것이라는 법은 세상 어디에도 없습니다. 그냥 그런 것처럼 생각될 뿐입니다.

최고의 심리경호는, 남의 마음을 잘 살피고 보호하는 것이 아니라 내 소망과 내 감(感)을 있는 그대로 감지해 내고 지지해 주는 일입니다.

당신의 결승점은
어디입니까?

요즘, '꿀복근'이란 애칭으로도 불린다는 '식스팩(six-pack)'은 강한 남자 혹은 섹시한 남자의 결정적 상징입니다. 얼마나 유행인지 '식스팩'이라는 단어를 들으면 상반신을 노출한 채 허공을 쩨려보는 몸 좋은 남자의, 어디서 본 듯한 모습이 자동으로 연상될 정도입니다.

그런 상황에서 '나는 그런 근육질 몸이 별로야' 같은 발언은 괜한 질투나 콤플렉스의 표출로 받아들여지기 십상입니다.

하지만 자신의 근육질 몸매를 사진집으로 만들어 일본에서만 100억 원이 넘는 매출을 올렸다는 한류스타 배용준의 경험담은 식스팩에 대한 세간의 인식과는 많이 다릅니다.

그의 말에 의하면 보디빌딩 직후의 몸은 절대 일상적으로 유지 못한답니다. 하루에 5시간 운동하고 나머지 시간은 꼼짝도 하지 않고 움직이지 않아야 유지되는 몸매라는 거지요.

세 번째 처방전

원조 몸짱의 한 남자 배우는 조각 같은 몸매를 드러내야 하는 영화의 한 장면을 위해 3일 동안 물 한모금도 입에 대지 않았다지요. 수분을 섭취할 경우 미세한 잔 근육들이 풀어지기 때문이랍니다.

이쯤 되면 식스팩은 강한 힘이나 섹시함의 상징이 아니라 중환자실 근육에 가깝습니다. 최소한의 호흡을 유지하기 위해 각종 첨단 기기가 동원돼야만 하는, 무기력의 극단적 표상인 중환자실 풍경과 다르지 않기 때문입니다.

살다 보면, 본인은 마지막 순간의 휘황한 불꽃을 위해 인내하는 것이라 믿는 일이, 실상은 겨우 중환자실 근육에 불과한 무언가를 향해 치열하게 내달리는 경우도 얼마나 많은지 모릅니다.

주위의 재촉이나 자기 조급함으로 인해 과정에만 몰두하다가 최종 목적지가 어디였는지 깜빡하는 경우, 왜 한 번씩은 있잖아요. 저는 식스팩을 가진 남자들을 볼 때마다 그런 경우들이 먼저 생각나곤 합니다.

세 번째 처방전

부분이 아닌
전체를 보기

광범위한 사례연구에 의하면 결혼에 대한 만족도는 성격, 지능, 학력, 수입, 외모 등과는 전혀 관련이 없답니다. 정서적으로 친밀하고 대화가 잘 통할 수 있는 부부의 결혼 만족도가 제일 높다네요.

하지만 이와 같은 결론에는 늘 크고 작은 이견(異見)이 뒤따릅니다. 돈을 많이 벌어 오면, 한예슬만큼 예쁘면, 모태범처럼 명랑한 성격이면, 남들이 부러워할 만한 직업을 가졌으면…… 친밀하지 않고 대화가 안 통한들 그게 무슨 대수냐는 거지요. 그 정도는 능히 참고 살 수 있다 생각합니다.

착각입니다.

자동차 매장에서 디자인, 성능, 가격을 까다롭게 따진 뒤 아직 운전 면허증이 없다고 말하는 격입니다. 성능 뛰어나고 디자인 마음에 들고 가격 적절하다면 그깟 면허증이야 무슨 문제냐는 거겠지요. 명백한 착각입니다.

　자동차의 가장 중요한 속성은 달리는 것이니까요.

　주변부에 있는 극히 일부를 전부로 착각하면 내 삶의 만족도는
놀랄 만큼 낮아질 수밖에 없습니다.

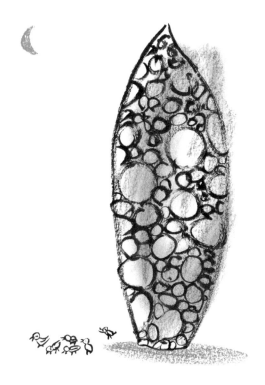

생각의 소리

적극적으로 하지
않을 수 있는 용기

'모두가 반대하는 일을 외롭게 밀고 나가서' 좋은 결과를 이끌어낸 영웅적 성공담들을 드물지 않게 접합니다. 그래서일까요. 다양한 사람들의 다채로운 성공 경험들이 그러한 도식(圖式)에 따라 맞춤 제작하는 것처럼 비슷비슷하게 확대 재생산되는 경우도 적지 않습니다.

목표를 이루기 위해서는 어려움을 무릅쓰고 무언가를 추진하기로 결정하는 박진감 있는 결단이 무엇보다 중요합니다.

하지만 어떤 경우엔 대다수 사람이 해야 한다고 철석같이 믿는 일임에도 그것을 하지 않기로 결정하는, 정말로 용기가 필요한 의사결정이 성공의 결정적 요소가 됩니다.

역사적 흥행작이라고 불릴 만한 영화들을 많이 만든 스필버그 감독이 자신의 전작(前作)을 복제할 위험을 비켜가는 1차적 요령은 '하지 말아야 할 것'의 목록을 만드는 일이랍니다.

세 번째 처방전

야구 전문가에 따르면 걸출한 타자들은 남다른 스윙 감각은 물론이고 스트라이크 비슷한 공에도 방망이가 나가지 않을 수 있는 선구안(選球眼)이 타의 추종을 불허한답니다.

삶에서 사람들의 부추김에 휩쓸리지 않고 무언가를 적극적으로 하지 않을 수 있는 노련한 선구안은, 의심의 여지없이 실력입니다.

누구에게나 그럴 만한
이유가 있다

6백만 명이 넘는 관객을 동원한 한국 영화의 한 감독은 '사람은 하고 싶은 게 아니라 할 수 있는 걸 해야 한다'고 말합니다. 반면 헤드헌팅 업체의 한 경영자는 전직(轉職)하려는 이들에게 '잘하는 일보다 하고 싶은 일을 해야 한다'고 강조합니다.

그들의 의견은 흥미롭게도 일반적인 인식과는 정반대의 방향을 취하고 있습니다. 영화란 게 본래 '미친 듯한 애정과 열정'이 전제되어야 하는 영역이지만 오랜 고생 끝에 초대형 흥행 영화를 만든 감독은 그 과정에서 애정보다 능력이 우선해야 고생을 덜할 수 있다는 뼈저린 교훈을 체득한 듯합니다.

다른 무엇보다 직장인으로서의 '능력'을 최우선적으로 고려해야 하는 헤드헌터가 능력보다 하고 싶은 일이 중요하다고 강조하는 까닭은 능력 있는 전직자들의 숨은 고통을 생생하게 실감했기 때문일 겁니다.

세 번째 처방전

겉으로만 보면 동일한 사안에 대해서 나와 전혀 다른 의견을 가진 상대방을 이해하기 힘들 수도 있습니다. 하지만 우리 모두 나름으로는 그럴 만한 충분하고 절절한 이유가 있게 마련입니다.

아빠의 발 위에서 바라보는 세상과 아이의 머리 위에서 바라보는 세상이 같지만 다른 것처럼, 어쩜 그런 게 바로 세계관일지도요.

나답게 사는 일
참, 어렵다

수십 년간 학교에서 아이들을 가르치다가 지금은 세계적인 홈스쿨링 운동가로 인정을 받는 이가 있습니다. 그가 정반대 방향으로 직업을 바꾼 이유는 단순할 정도로 명확합니다.

아이들을 가르치다 보니 통찰력, 정의감, 너그러움, 용기, 창의성처럼 인간의 훌륭함을 대표하는 특징들이 학교에서 우수하다고 판단 받지 못한, 전혀 엉뚱한 아이들에게서 수시로 나타나 혼란을 느꼈다는 겁니다.

그 정도면 더 이상의 전직(轉職) 이유가 필요치 않습니다.

'인간의 훌륭함을 대표하는 특징'이 무엇인지를 정확하게 꿰뚫어 본 그의 안목도 훌륭하지만 자신이 가진 기존의 가치관에 혼란을 느끼자 바로 해결책을 찾아 나선 과감한 용기 또한 존경스럽습니다. 돈이나 명성, 사회적 지위를 성공의 가장 중요한 잣대로 삼는 현실에서는 그런 안목과 용기가, 당연히 말처럼 쉽지 않습니다.

세 번째 처방전

더구나 사회적 관계망 속에 있는 누군가의 눈에 내가, 사회적으로 우수하다고 판단 받지 못한 '엉뚱한 아이'로 보일 수도 있다는 데 생각이 미치면 '인간의 훌륭함'에 대한 나름의 기준을 지키는 일이 참, 어렵다, 느껴질 수밖에요.

너무멀리왔다.

세상의 휘둘림에
아랑곳없이

문학과 삶의 내공이 남다른 것으로 평가받는 한 소설가는 88올림픽이 열리던 해에 3개월의 시차를 두고 갑작스럽게 남편과 아들을 저세상으로 떠나보냈습니다. 그때 그녀가 가장 견딜 수 없었던 것은 자신은 지옥 같은 고통을 겪고 있는데 세상은, 사람들은, 아랑곳없이 올림픽 축제에 환호하는 상황이었다지요.

독재 시절, 끔찍한 고문에도 남다른 의지력을 발휘했던 전설적인 민주투사가 바닥으로 내동댕이쳐지는 심정이 된 것도 비슷한 이유입니다. 지옥이 따로 없는 고통을 당하고 있는데 고문실의 라디오에선 아무 상관없다는 듯 화창한 날씨나 사랑의 메시지를 전하는 평화로운 아나운서의 목소리가 흘러나오더라네요. 그게 그렇게 절망스러웠답니다.

세상으로부터 소외되고 배제되었다는 느낌은 소설가의 남다른 심리적 내공도, 투사의 강철 같은 의지도 단번에 무력화시킬 만큼

강력하고도 파괴적입니다. 아무도 그렇게 살 수는 없다, 는 의미라고 저는 생각합니다.

단독자로서 주위의 휘둘림에 아랑곳하지 않을 수 있는 삶은 축복입니다. 하지만 내 슬픔이나 외로움을 세상이 아랑곳하지 않는 삶은 그 자체로 고통입니다. 소외와 배제의 고통에서 자유로울 수 있는 방법은 의외로 간단합니다.

주위에 있는 누군가에게 내가 먼저 눈 맞춰주고 허벅지 꼬집으면서라도 그의 얘기를 가만히 들어줄 수 있으면 됩니다. 그러면 메아리처럼 내게도 그런 축복이 되돌아오게 되어 있습니다, 반드시.

심심함도
즐길 수 있다면

집 밖에서는 물 한 잔도 제대로 마시지 못할 만큼 세균 공포증이 심각한 한 과학자가 있습니다. 우연히 동료 과학자가 현미경을 통해 끓이지 않은 물에 서식하는 세균을 자세히 관찰하게 한 후 생긴 증상이라지요.

눈에 보이지 않는 것들까지도 더 많이 볼 수 있게 된 세상이지만 그 결과 인간이 행복해졌는지는 알 수 없다는 해석은 가슴에 폭 안기는 갓난아기처럼 생생하게 마음에 와 닿습니다.

실제로 예전에는 알 수 없었던 것들을 더 많이 맛볼 수 있게 되고, 더 많이 가볼 수 있게 되고 더 많이 만날 수 있게 되고, 더 많이 가질 수 있게 되었지만 그 결과 사는 게 그만큼 더 행복해졌다고 단언하긴 어렵습니다.

'떡 본 김에 제사 지낸다'거나 '노느니 장독 깬다'는 말에 담긴 해학적 통찰도 우리의 삶을 관통하는 중요한 속성인 건 맞습니다.

하지만, 떡 생기면 제사와 짝짓기 없이 그냥 맛나게 먹고, 할 게 없으면 가만히 그 심심함을 즐길 수도 있어야 어떤 사람이나 현상의 본질에 접근할 수 있는 게 아닌가…… 저는 그렇게 생각합니다.

쓸데없는 경쟁에서
벗어나기

세상에서 가장 부자라는 빌 게이츠의 재산은 100조 원이 넘습니다. 재산 평가액이 4조 원 가까운 우리나라의 한 부자는 언젠가 그런 빌 게이츠가 부럽다며 자신도 그처럼 돈이 많아 자선단체에 펑펑 기부하면 얼마나 좋겠느냐는 희망을 피력한 적이 있습니다.

눈 흘기거나 코웃음 치지 않고, 100조 원 앞의 4조 원이란 구도로 받아들이면 그 부자의 초라하고 아쉬운 속내를 헤아리지 못할 까닭도 없습니다.

하지만 한 변호사의 표현을 빌자면, 1조 원이란 잠실 운동장에 1만 명을 모아놓고 그들에게 1억 원씩 나눠줄 수 있을 만큼 큰돈입니다. 한 사람이 아무리 호화롭게 살더라도 죽을 때까지 다 사용할 수 없을 뿐더러 가늠할 수 없을 정도의 비현실적인 액수입니다.

세 번째 처방전

그러니 겨우 4조 원밖에 없다고 주눅이 드는 상황이란 끝장 드라마의 한 장면일 수밖에 없지만 희한하게도 현실 세계에선 그런 일이 심심치 않게 벌어집니다. 이는 괜한 곳을 기웃거리며 쓸데없는 경쟁 구도 속에 자신을 밀어 넣어서 그렇습니다.

멀쩡하게 밝은 곳에 잘 있다가 제 발로 어둠 속으로 걸어 들어가 '나는 왜 허구한 날 어둠의 세계에 갇혀 있는지 모르겠다'고 한숨짓는 꼴입니다.

본래 경쟁력이란 다른 개체와의 다툼에서 우위를 점하는 발군의 능력을 의미하지만 진정한 의미의 경쟁력은 자신을 쓸데없이 어둠의 세계로 밀어 넣지 않는 자기보호 정신일지도 모릅니다.

세 번째 처방전

알게
되면

곱빼기 포함해 600만~700만 그릇. 우리나라 사람들이 하루 동안 먹는 자장면의 양이 그렇답니다. 그중에서 많은 부분이 2~3분을 다투는 배달 자장면이니 죽기 살기로 오토바이를 몰다가 병원 신세를 지는 배달원들의 숫자가 일반적인 예상을 훨씬 뛰어넘는 숫자인 것은 당연합니다.

아무리 면이 불은 자장면 앞에서 분통을 참는 것이 쉽지 않은 일이라도 일상이 스턴트맨인 배달원들의 절박한 상황을 알게 되면 한 번쯤 주춤할 수밖에 없습니다.

식당 서비스에 유난히 예민하다고 소문이 자자한 한 남자는 타지에서 공부하는 딸아이의 식당 아르바이트 애환을 듣고 나선 함부로 화를 내기 어렵게 되었다고 고백합니다. 사정을 알게 되면 그렇게 됩니다.

나이를 먹는다는 건 자신이 화를 낼 수 없는 이유들에 대해 반복적으로 자각하게 된다는 의미인지도 모릅니다. 세상일에 대해 아는 게 하나라도 많아지면 그럴 수밖에요.

하지만 어떤 경우엔 오히려 잘 알아서 분통이 터지기도 하고, 어떤 경우엔 상대방의 사정을 잘 알면서도 사람이 그렇게 다 참을 순 없다는 본능적인 자기 합리화로, 결국 나잇값을 못하게 되더라고요.

세 번째 처방전

절박한 상황을 알게 되면

한 번쯤 주춤할 수밖에 없습니다

현재도 미래의
아름다운 과거

걸핏하면 '내가 왕년에……'를 입에 올리는 이들의 현재 상태가 썩 만족스럽지 않을 거라는 짐작은 셜록 홈스의 추리만큼이나 자연스럽고 과학적입니다. 말하는 사람이 애초부터 과거에 방점을 찍고 있으니 당연한 결론입니다.

그런데 제가 보기엔 우리가 행복을 느끼는 구조도 '왕년에' 화법과 크게 다르지 않습니다. 지금 시점에서 과거로 눈을 돌려야 행복의 단서라도 발견하는 경우가 대부분입니다. 돌이켜보면 그때가 평생 제일 행복한 시절이었다, 는 식이지요. 심각한 심리적 착시현상입니다. 미래에서 돌이켜보면, 현재도 미래의 아름다운 과거인걸요.

'here&now' 상황에서 행복을 감지하지 못한 채 과거를 돌아보거나 미래를 기웃거리는 일은, 무능력한 행위입니다. 돌이켜보지 않고 지금 현재의 주위를 둘러보면서 행복을 느낄 수 있어야 진짜배기 행복입니다.

세 번째 처방전

성공경험은
치유 에너지

기상 시간을 못 지키거나 음식조절을 못하는 등의 퇴행적 행동을 보이는 정신병동의 환자들에게 실시하는 '토큰 이코노미(token economy)'라는 행동요법이 있습니다. 성공할 확률이 70~80퍼센트 정도 되는 교정 목표를 제시해서 성공하면 그에 걸맞은 보상을 하는 기법입니다.

단순해 보이는 방법론만큼이나 치료적 파워가 나오는 원천도 단순합니다. 사람은 대개 성공경험을 통해 확인한 자기 가치감을 기반으로 문제 행동을 교정하는 치유 에너지를 만들어냅니다. 그러니 효과 만점일 수밖에요.

우리의 삶에서 성공경험은 그만큼 중요한 의미를 가집니다. 면접 때마다 탈락했거나, 하는 사업마다 망했거나 연애를 할 때마다 상대방에게 거절당한 경험이 있는 이들의 고통은 전방위적입니다.

자신이 실패한 그 영역에서뿐 아니라 삶의 전 영역에서 자신을

의심하고 소극적이게 되기 때문입니다.

'나는 이것을 할 수 있는 존재'라는 자존감을 바탕으로 인간의 내적 성장이 이루어지는 법인데 그런 경험이 원천봉쇄되었으니 당연한 결과입니다. 그래서 스스로 그런 기회를 만들거나 제삼자의 힘을 빌려서 성공경험을 체험하려는 모든 이를 저는 열렬히 응원합니다.

하지만 또다른 관점에서, 일정한 수준 이상의 외형적 성공을 이룬 이들의 모든 성공경험은 독(毒)입니다. 자신의 성공경험을 세상을 판단하는 가장 확실한 잣대로 삼기 때문입니다. 사회적 관계에 있는 사람들뿐 아니라 가까운 지인들에게도 그 잣대를 휘두르는 지경이 되면 견디기 쉽지 않습니다.

한 저명한 역사학자가 '과거의 성공을 미래의 가장 위험한 요소로 파악해야 한다'고 역설한 데는 다 그만한 까닭이 있겠지요.

지금 역사의
현장에 있는 당신

전 세계적으로 수천만 명의 남녀노소를 열광시킨 영화 〈트랜스포머〉의 감독은 처음에 연출을 제의받고 일언지하에 거절했답니다. 악당을 물리치는 서사 구조나 변신 로봇이라는 소재가 어린이 영화에나 어울림 직하다는 생각에서였습니다. 하지만 〈트랜스포머〉는 시각적 효과의 측면에서 영화의 새로운 시대를 열었다는 평가를 들을 만큼 역사적 가치를 인정받고 있습니다.

서태지가 한 TV 프로그램의 신인 소개 코너에 처음 등장했을 때 평론가들은 최악의 혹평을 서슴지 않았습니다. 하지만 그후 서태지는 우리나라 가요계 역사를 서태지 이전과 이후로 나눌 만큼 하나의 전설이 되었습니다.

자기 분야에서 '전설'이 된 이들 중에 이런 평가를 받은 사람들은 수없이 많습니다. 주위 사람은 말할 것도 없고 본인도 자신의 성과물이 훗날 역사적 분수령이 되리라는 사실을 감지하는 일은

세 번째 처방전

쉽지 않습니다.

한 개인의 삶에서도 그런 역사적 순간들이 있습니다. 본인은 미처 몰랐겠지만 어떤 이별이나 선택, 새로운 몰두는 이후 자신의 삶에서 더할 수 없이 중요한 역사적 순간이 되곤 합니다.

어쩜 당신은 지금, 홀로 어떤 역사적 현장을 목격하고 있는지도 모릅니다. 그 현장을 오롯이 볼 수 있고, 그 의미를 예견해야 하는 사람은 세상에서 오직 단 한 사람 자신뿐입니다.

역사의 현장을 홀로 감당하고 있는 당신에게, 지지와 격려를 보냅니다.

세 번째 처방전

가슴이
시키는 일

　한 조사에 의하면, 호주 사람들이 가장 바람직하다고 생각하는 직업은 목수랍니다. 이어서 타일공, 페인트공 등 육체노동을 하는 직업이 2, 3, 4위를 차지했고요. 변호사, 회계사, 정신과 의사 등 전문성을 가진 직업들은 조사대상 10개 직업 가운데 8, 9, 10위에 불과합니다. 사회가 그런 방향으로 흘러갔으면 좋겠다는 바람이 아니라 2007년 현재 호주 사람들이 그렇게 생각하고 있다는 겁니다.

　그런 에피소드를 접하다 보면 인간의 관점도 진보할 수 있는 게 아닌가 하는, 유쾌한 상상이 꼬리를 물고 일어납니다. 사회적 지위가 아니라 개인의 삶 자체를 중시하는 사회는 생각만으로도 근사합니다. 우리 현실에서는 아직 실감이 안 가는 얘기지만요.

　20대 중반을 넘긴, 안정적이며 사랑스러운 제 후배 한 명은 남자친구가 호주 사람입니다. 얼마 전 자기 여자친구를 만나러 한국에 온 그 호주 남자의 현재 직업 또한 빌딩 유리창을 닦는 일이라네요. 앞으로의 꿈은 고공에서 간판이나 유리창을 청소하는 회사를 설립하는 것이고요.

그 후배와 남자친구를 보면 절로 유쾌해집니다. 인간의 관점이 진보한 덕분으로, 전도가 유망한 청년을 남자친구로 두게 된 후배에게 축하를 보냅니다.

사회적 지위가 아니라

개인의 삶 자체를 중시하는

사회는 생각만으로도 근사합니다

독점과
나눔

식도락에 탐닉하던 황제가 있었습니다. 까다로운 황제의 입을 즐겁게 한 많은 요리사들이 푸짐한 보상을 받았지만 까무러칠 만큼 황제를 만족시켰던 단 한 명의 천재적 요리사는 목숨을 잃었습니다. 자기 말고 다른 사람도 그 황홀한 요리를 맛본다는 사실을 참을 수 없었던 황제가 요리사를 처형해 버렸기 때문입니다. 독점에 관한 이런 에피소드는 허다합니다.

제주도의 속살을 따라 걷던 중, 풍광을 홀로 독차지하려는 듯 지어진 성채 같은 별장을 보았습니다. 동행자들은 이구동성으로 "이 좋은 풍경을 왜 혼자서만 보려고 하누?" 혀를 찼습니다. 저는 고개를 끄덕였고요.

인간의 독점 욕구는 본능에 가까운 측면이 있습니다. 다른 욕망을 일거에 잠재울 만큼 강렬합니다.

열성적인 여성 팬이 유독 많다는 '주드 로'라는 배우에 대해 어

떤 여기자는 농반진반으로 그를 한 여자가 독점해서는 안 된다고
말합니다. 그것은 마치 세계에서 가장 아름다운 그림을 자기 안방
에 걸어놓고 혼자서만 감상하려는 것과 비슷하다는 거지요.

그러나 '공개'는 독점과는 전혀 다른 차원의 즐거움을 안겨줍니
다. 자신의 저작권을 의미 있는 일에 내놓아 많은 이가 사용할 수
있게 하는 '1저자 1저작권 공개운동'이나 소스 코드를 일반인에게
개방하는 공개소프트웨어는 사람을 색다르게 흥분시킵니다.

독점은 유혹적인 개념입니다. 하지만 독점할 수 있는 것을 나
누는 일은, 해보면, 훨씬 섹시하게 사람의 마음을 잡아끕니다. 확
실합니다.

인생
한 방이다

　거칠게 구분하면 세상에는 두 종류의 아빠가 있습니다. 절대로 '아빠 같은 아빠는 되지 않겠다'고 할 때의 아빠와, 이담에 '아빠 같은 아빠가 되고 싶다'고 할 때의 아빠입니다.

　아빠처럼 살지 않겠다, 는 아이의 절규는 아빠의 처지에서 보면 인두로 가슴 한편을 지지는 고통입니다. 애초부터 그런 아빠가 되고 싶었던 사람은 아무도 없었겠지요.

　유난히 자의식이 민감한 한 남자가, 결혼하면 꼭 딸을 낳고 싶다는 이십대 초반의 아들에게 물었답니다.

　"너는 그 딸아이에게 어떤 아빠가 되고 싶니?"

　쿨하기로 소문난 아들의 대답은 간단했습니다.

　"아빠 같은 아빠."

　그 말을 듣는 순간 '내가 진짜로 괜찮은 사람일지도 몰라' 하는 겸연쩍은 희열과 근원을 알 수 없는 묘한 성취감이 밀려오면서 독

주 한 병을 한 번에 들이켰을 때처럼 목울대에 훅, 하는 화끈거림
이 있었다지요.

혹시 '인생 한 방이다'라는 말은 이런 경우에도 해당되는 게 아
닐까요?

거품
감별사

위조지폐를 찾아내는 위폐감별사의 실제 수련 과정은 극단적이라고 할 만큼 난이도가 어렵기로 유명합니다. 최종 단계의 하나로, 100장의 지폐 안에 섞인 1장 혹은 3장의 위조지폐를 찾아내는 테스트가 있는데 이걸 통과하기가 그렇게 어렵답니다.

100장의 지폐 다발 안에 실제론 위폐가 1장밖에 없는데 3장이 있다며 찾으라는 경우도 있고, 애초에 위폐가 없는데도 위폐를 찾아내라는 경우도 있다네요. 헷갈릴 수밖에요…….

이런 순간에 가장 중요한 잣대가 되어야 하는 것은, 다른 사람의 말이 아니라 오랜 시간에 걸쳐 축적된 자기 감각 혹은 자기 자신에 대한 극단적인 믿음일 겁니다.

그 원칙은 삶의 영역에서도 그대로 적용됩니다. 자신의 삶에서 불필요한 것들을 외부 시선에 관계없이 정확하게 찍어낼 수 있는 거품 감별사……는 그래서 감별사계의 지존이라 할 만합니다.

하얗다 !

때로는

서로 어깨를 맞대어라

행복한 마주보기, 건강한 거리두기

'나도 한때······'

특별히, 불우한 환경에서 성장한 내담자에 대한 공감력이 유별난 것으로 알려진 어느 상담전문가의 과거사는 짠합니다. 끔찍한 어린 시절의 경험 때문에 성인이 된 후에도 자기비하, 관계 부적응 등의 고통을 겪다가 여러 번 자살을 시도하기도 했는데 우연히 자신과 비슷한 삶의 궤적을 가진 정신과 의사를 만났고 '나도 한때······'라는 그의 진심 어린 공감에 삶이 바뀌었답니다.

그런 경우의 '나도 한때'라는 말은 내가 상대방을 뿌리 깊이 이해한다는 혹은 그러고 싶다는 간절함의 또다른 표현입니다. 하지만 많은 경우, '나도 한때' 화법은 '내가 왕년에' 같은 유치한 부풀림이나 '내가 해봐서 아는데' 같은 자만심으로 이어집니다.

내가 연애 좀 해봤다고 지구상 모든 남녀의 연애 감정 중 내가 모르는 건 하나도 없다고 큰소리칠 수 없고, 내가 한때 삽질 좀 해봤다고 불도저의 작동 메커니즘까지 훤히 꿰뚫고 있는 것처럼 자신해서는 안 됩니다. 그러다 보면 휴가지에서 좀 '쎄게' 일광욕 한 경험을 바탕으로 '나도 한때 흑인이었다, 이제야 그들의 심정을 이해할 만하다'는 식의 개그를 남발하게 됩니다.

동일한 물리적 자극에도 사람마다 통증의 정도를 다르게 느끼는 것은 심리적 요인이 아니라 통증을 감지하는 뇌의 특정 부분이 남들보다 더 활성화되는 사람들이 있어서라지요.

그러니 심리적 문제에서야 더 말할 게 없습니다. 동일한 경험을 했다고 해서 그로 인한 고통이나 기쁨 같은 감정이 똑같지 않다는 사실은 이제 상식에 속합니다.

그런 사실을 망각하고 '나도 한때' 화법을 선호하다가 돌이킬 수 없이 관계가 어긋나는 이들, 얼마나 많은지 모릅니다.

제 경험에 의하면 나이가 많아질수록, 자식이 장성할수록, 권력이 많아질수록 '나도 한때'의 위험성은 점점 높아지던데요.

네 번째 처방전

동일한 경험을 했다고 해서
그로 인한 감정이 똑같지 않습니다

세상 모든
남자들의 바람

우연히 아버지에 대한 딸들의 속마음을 들었습니다.

20대 초반의 딸.

오랜 병마에 시달리던 아버지의 의식이 흐릿해져 가는 마지막 순간 그녀가 안타까움에 아버지에게 외치듯 물었다지요.

"아빠, 나 보여? 내가 누구야?"

"누구긴. 세상에서 제일 예쁜 우리 딸 윤미지."

그 말 한마디 때문에 그녀는 아무리 어려운 상황에서도 자신이 세상에서 제일 귀한 존재일 수 있다는 자신에 대한 안정감을 잃지 않는 것처럼 보입니다. 그러니까 그녀에게 아버지의 마지막 한마디는 북극성 같은 치유적 메시지로 존재합니다.

20대 후반의 딸.

엄마 없는 살림을 챙기며 직장 생활을 하던 중 급성 간염으로 입원을 했는데 그 원인이 불규칙한 식사와 영양불균형에 있다는

네 번째 처방전

말을 들은 아버지는 그 이후 그녀가 출근할 때마다 하루도 거르지 않고 아침을 챙겨 주었다지요.

내가 누군가의 따스한 돌봄의 대상이 된다는 사실은 가슴에 꺼지지 않는 화롯불 하나를 품는 것과 같습니다. 관계에서 심리적 온기를 유지하며 살아갈 수 있습니다.

30대 중반의 딸.

20여 년간 아버지와 마음속으로 싸우고 10여 년간 화해를 하고 있다지요. 그들의 부녀 관계는 한 달에 관객 백만 명을 동원하는 영화가 아니라 십 년에 걸쳐 백만 명이 관람하는 기억할 만한 영화에 가깝습니다. 오랜 시간에 걸쳐 갈등하고 문득 포용하기 시작합니다. 많은 아버지와 딸들이 그러는 것처럼요.

한 상담가의 말에 의하면 딸과 문제없이 소통하는 아버지라면 이 세상 누구와도 소통할 수 있으며 일상의 모든 관계에서 타인에게 고통을 주지 않는 사람일 수 있습니다. 누군들 그런 아빠가 되고 싶지 않겠어요.

딸에게 아버지는 최초의 남성이라지요. 그래서 좋은 남성 멘토가 되어야 할 책임감을 알게 모르게 가지게 된답니다. 세상의 모든 남자는 딸들에게 그런 아버지가 되길 간절히 바라고 있습니다. 쉰 번 넘게 가을을 보낸 아버지들의 은밀한 속내를 들어보니 확실히 그렇더라고요.

세상의 모든 딸들이 아버지라는 존재의 그런 간절함에 대해서 한 번쯤 생각해 보면 어떨까 싶습니다.

네 번째 처방전

모진 사랑

어느 미국 대통령이 자신들에게 유난히 비판적인 언론사의 편집국장을 우연한 자리에서 만나 그 이유를 따져 물었습니다. 편집국장의 대답은 '모진 사랑 정도로 이해해 달라'였다네요. 뒤이은 대통령의 질문은 재치와 뼈가 함께 있는 것처럼 느껴집니다.

"모진 건 알겠는데 그럼 사랑은 어디 있나?"

권력과 언론의 관계라는 정치적 특수성을 논외로 하고 말한다면, 우리 일상의 영역에선 이런 부류의 모진 사랑이 불필요하게 많습니다.

한 초등학생은 백 점을 맞았는데도 아빠에게 눈물이 쏙 빠질 만큼 혼이 났답니다. 백 점은 맞았지만 글씨가 삐뚤빼뚤해서 앞으로 글씨를 똑바로 쓰지 않는 나쁜 버릇이 생길까 봐요.

한 기업의 임원은 승진과 관련해 부인으로부터 한 번도 진심 어린 축하 인사를 받아본 적이 없답니다. 부인의 고백에 의하면 남편이 자만해서 방향을 잃을까 그랬다네요. 어리석은 걱정입니다.

애정 어린 비판은 말하는 이가 비판이 아니라 애정 쪽에 온 체중을 실어야 비로소 비판의 역할을 다할 수 있습니다. 날카로운 눈매로 상대가 빠져나갈 수 없을 정도로 조목조목 따져야 제대로 된 비판이나 조언이라는 생각은 선입견에 불과합니다.

누군가를 평가하거나 관계를 맺을 때 모질기만 한 건지, 앞뒤 가림 없는 사랑만 승(勝)한 건지 구별하는 방법은 의외로 간단합니다. 내가 누군가로부터 충고나 비판을 들었을 때 흔쾌히 수용했던 수위가 어느 정도였는지 또 왜 그랬는지를 떠올릴 수 있다면 그것으로 충분합니다.

네 번째 처방전

애정 어린 비판은 애정 쪽에 온 체중을 실어야

비로소 비판의 역할을 다할 수 있습니다

강해야만
살아남는 것은 아니다

유학파 요리사들의 증언에 따르면, 대도시 식당 주방은 요리사들이 서열 싸움을 벌이는 살벌한 전쟁터랍니다. 국자로 뒤통수를 때리거나 발로 차는 건 약과고 뜨거운 기름에 침을 뱉어 일부러 튀게 하거나 도마질을 할 때 실수인 척 툭 쳐서 손가락을 썰게 만드는 경우도 있다네요. 주방장에겐 '예스, 셰프' '땡큐, 셰프'만을 외쳐야 하고 동료들과는 약육강식에 가까운 서열 싸움에서 살아남아야 합니다.

그래서이겠지요. 30대 중반에 세계적인 요리사로 인정받는 한국의 한 셰프는 자신의 주방에서 금지하는 일 중 하나가 자신에게 질책 받은 요리사를 동료들이 위로하지 못하게 하는 것이라네요. 강해야만 살아남는다고 믿기 때문입니다.

저는 그의 경험칙이 더없이 착잡하고 좁게 느껴집니다. 살다 보면, 사격장 안전수칙처럼 꼭 필요한 통제도 있겠지요. 문제는 '20'만

네 번째 처방전

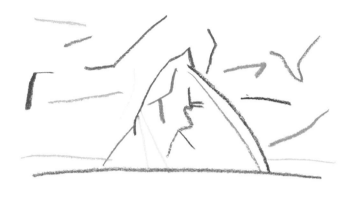

큼의 통제만 필요한데 습관적으로 '50' 이상의 통제를 요구하면서
불필요한 억압과 상처를 주고받는다는 것입니다.

주방이 전쟁터 같아야 비로소 제대로 된 요리가 나올 수 있다
는 식의 지레짐작 때문에 사람과의 관계에서 평화로운 공존을 미
리 포기한 적이 있다면, 괜한 짓 한 거라고 저는 생각합니다. 한 진
보적인 요리사의 말처럼 만든 사람의 마음이 기쁘지 않은데 어떻
게 좋은 요리가 나오겠어요.

알고도
속는 이유

군대 간 아들이 신제품 총을 사야 한다거나 탱크 수리
비가 필요하다고 돈을 보내 달라는 경우, 약간의 변형은 있지만
아직도 있다네요. 학창 시절 부모님에게 미분용 계산기와 적분용
계산기 값을 따로 타낸 경험이 있는 이들은 피식 웃으며 금방 감
을 잡을 만한 상황입니다.

어떤 이는 한참 세월이 흐른 뒤에야 부모님이 자신의 허무맹랑
함을 뻔히 알면서도 돈을 주었다는 사실을 우연히 알게 되었답니
다. 그의 고백은 부모 된 자의 고충으로 이어집니다.

부모의 처지가 되어보니 총을 사달라는 것처럼 황당한 요구의
실체가 훤히 보이는 경우가 있는데, 저간의 사정을 헤아리다 보면
내색하지 않고 속아줘야 하는 때가 있다는 거지요. 자식들 처지
에서는 정교한 내적 논리가 제대로 통한 한판승이라고 느끼겠지
만요.

네 번째 처방전

살다 보면 나이, 지위, 경험, 직업 등의 요인으로 다른 사람과의 관계에서 마치 부모님처럼 훤히 볼 수 있는 입장에 서게 되는 경우가 있습니다. 그럴 때 사람의 숨통을 트이게 하는 것은 '훤히 볼 수 있는 이'의 날선 비판이나 지적이 아니라 아량입니다. 속으로, 씩 한번 웃어 주거나 어깨 한번 두드려주면 그것으로 그만인 일이 얼마나 많은데요.

알고도 속는다는 말이 괜히 나왔을라고요. 어쩜 그게 아량의 또다른 표현일지도요. 하지만, 공적인 영역에서 고무줄 같은 아량을 발휘하다간 패가망신합니다.

백 프롭니다.

권위적
대상

　　권위적 대상이란 어떤 사람의 심리적 영향권하에서 자유롭기 어려울 때 그 대상을 지칭하는 심리학 용어입니다.

　　어린 시절에는 부모가 권위적 대상이다가 그 다음엔 삶의 시기에 따라 선생님이나 선배, 이성 친구 등이 그 대상이 되기도 합니다. 성인기에는 대개 직장 상사나 (갑을의 관계에서) 갑이 권위적 대상이 되는 경우가 많습니다. 예를 들어 사내에서 무소불위에 가까운 권력을 행사하는 재벌 회장에겐 창업주인 아버지나 정부 권력이 권위적 대상이 되는 것처럼요.

　　그런데 권위적 대상과 관계를 맺는 형태에는 어린 시절 부모와의 관계가 그대로 투사되기 마련입니다. 부모에게 심리적으로 위축되고 막연한 두려움을 경험한 사람은 윗사람을 대할 때 그가 부모와는 전혀 다른 성향의 소유자라도 부모 앞에서 가졌던 어린 시절 자기 모습의 원형이 재현됩니다.

　반대로 어린 시절부터 부모와의 관계에서 특별한 에너지 소모가 없었던 사람은 까다롭거나 권위적인 상사를 만나도 다른 사람들보다 훨씬 홀가분하게 대처할 수 있습니다.

　과거로 돌아가 어린 시절의 관계를 변화시킬 수는 없지만, 지금 '나에게 특별한 영향력을 행사하는 위치에 있는 사람'과의 관계에서 내가 취하는 심리적 태도를 되짚어 보는 일은 중요합니다.

　그렇지 못할 경우, 내 삶의 결정적 대상(critical person)과의 관계에서 똑같은 패턴의 문제가 반복될 가능성은 '무조건'입니다.

'그건
니 생각이구'

연애의 현장에서 '이담에 돈 많이 벌어줄게'라는 오빠의 목소리는 단호하고 달콤합니다. 하지만 결혼생활의 현장에서 '오빠가 많이 벌어준다는 게 이거였어?'라고 묻는 여자의 목소리에는 실망과 피로감이 가득합니다.

'연애와 결혼은 다르다'는 상투적인 화두를 잠시 미루고 돌이켜보면 그들은 '많이'의 기준을 구체적으로 합의한 적이 없는 경우가 대부분입니다. 내 기준으로는 충분히 많은 상태이지만 상대편 눈높이에서는 턱도 없는 수준일 수 있습니다. 그러니 서로 억울한 기분이 들 수밖에요.

작전을 앞둔 특수부대원들이 제일 먼저 하는 일은 자기 시계의 현재 시각을 팀원들과 통일하는 일입니다. 그래야 몇 시 몇 분 작전 개시라고 말할 때 착오가 없으니까요.

일 시작 전에 매사를 꼼꼼하게 따지고 의심하는 것은 피곤하고

재미없는 동시에 소모적일 수 있습니다. 하지만 사람 관계에서 일어나는 대부분의 '뻑사리'는 소통 전에 상대방의 말이나 행동에 충분하게 집중하지 않고 그 결과 공유와 공감의 통로가 막혀서 생기는 문제입니다. 그런 통로가 막혀 버릴 경우 상대방이나 나나 각자는 최선을 다했다고 생각하는데 결과는 모두가 억울합니다.

한때 '그건 니 생각이구'라는 개그맨의 리드미컬한 멘트가 은근하게 인기를 끌었던 것은 그런 동상이몽류의 억울함을 토로하고 싶은 사람들이 많다는 하나의 증거일지도요.

아니면
다시 하면 되지요

　　함께 일하는 동료들과 문화회식의 일환으로 요리실습 체험을 하러 학원에 갔다가 솜털이 보송한 남자 고교생들을 봤습니다. 땀을 뻘뻘 흘리면서 기름에 손이 데는 것도 아랑곳하지 않고 요리에 열중하는 아이들이 사랑스러웠지만, "엄마가 알면 죽어요. 지금 독서실에 있는 줄 알거든요"라는 말을 듣는 순간 가슴에 훅, 흙 한줌이 뿌려지는 느낌이더군요.

　　요리하는 게 그처럼 설레고 재미있다는데, 단지 부모라는 이의 취향과 비전에 합당하지 않다는 이유로 솜털 같은 한 영혼을 옥죄는 행위는 명백한 폭력입니다.

　　부모의 뜻에 딱 맞춰 성장한 아이가 부모 되어 하는 일이, 다시 자기 자식에게 무조건적인 복종을 강요하는 것이라면 그리고 그런 일이 일상적으로 반복되는 것이라면 우리 삶이 너무 쓸쓸하지 않은지요.

　네 번째 처방전

그 나이엔 누구도 확실한 자기 설계도를 가지지 못합니다. 자신이 정말 좋아하는 게 무엇인지조차 알기 어렵습니다. 부모가 그 나이였던 때를 돌아보면 자명합니다.

그날 그곳에서 땀 흘리며 실습을 하던 아이들 모두가 훗날 요리사가 되는 건 물론 아닐 겁니다. 그렇다고 미리 예단하고 윽박지를 이유는 하나도 없지요. 아니면…… 다시 시작하면 되니까요.

'늦었다고 생각하는 순간이 가장 빠른 때다' 같은 말들을 인생의 중요한 잠언처럼 주고받으면서 실상은 누군가의 호기심과 몰두를 돌이킬 수 없는 일처럼 취급한다면 이율배반적입니다.

남들의 강요에 의한 것이든 자신의 논리에 의한 것이든 부모님 몰래 요리 공부하는 아이처럼 힘겹고 모호한 시간을 겪고 있는 모든 이들에게, 어깨를 다정하게 다독이며 전합니다.

아니면…… 다시 하면 됩니다.

모든 인간관계는
본질적이다

의료 혜택을 받을 수 없는 세계의 오지나, 전쟁, 대지진, 전염병 등 재난의 현장에서 자발적인 무상 진료 활동을 펼치는 쿠바 의사들의 인도적인 의료 지원은 유명합니다. '아픈 사람이 있는 곳이면 어디든 간다'는 신조 하에 지난 45년간 101개국에 무려 10만 명이 넘는 쿠바 의사가 파견되었습니다.

대지진의 현장에서 반년 넘게 천막 진료를 하는 의사나 한 번의 진료를 위해 몇 시간 동안 밀림을 헤치고 걸어가는 의사나 그들이 바라는 보상은 간단합니다. '의사가 친절하고 좋다'는 말만 들으면 그것으로 충분하다는 거지요. 그렇지요.

의사에게 '친절하고 좋은 의사'라는 말보다 더한 보상이 어디 있을라고요. 선생님에게 '졸업하고도 계속 보고 싶은 스승'이라는 말만큼 짜릿한 보상이 또 있을라고요. 부모에게 '나는 엄마 아빠가 참 좋아'라는 말 이상의 보상이 다시 있을라고요.

이렇게 이별한 것엔 이유가 있다

모든 혁명의 처음이 그런 것처럼 본래 인간의 모든 행위와 관계는 본질적이었을 겁니다. 이미 충분함에도 불구하고 불필요한 영양 공급으로 비만을 초래하는 식탁처럼 자꾸 넘치는 욕망 쪽으로 몸을 기울이다가 종래에 알맹이는 없고 덧대기만 남아 있는 형국인지도요.

특별히, 인간의 모든 관계에서는 본질을 꿰뚫는 쿠바 의사 같은 '혁명가 정신'이 무엇보다 우선되어야 한다는 사실을 절감합니다.

사람은
사람으로 치유된다

연구에 의하면 사람은 혼자 있을 때보다 다른 사람과 함께 있을 때 무려 30배나 더 자주 웃는답니다. 저는 그 정도가 한 50배쯤 되는 듯해요. 저와 함께 일하는 동료들의 웃음이 헤퍼서 그렇습니다.

남산 타워 같은 곳에 함께 나들이라도 갈라치면 주위 사람들 눈치가 보일 만큼 시간과 장소에 상관없이 자주 자지러지고 깔깔거립니다. 그들과 함께 있다 보면 온갖 꽃들이 만발한 웃음의 꽃밭에 둘러싸인 느낌이 들곤 합니다.

많.이. 웃.을. 수.밖.에.요.

모든 사람 스트레스의 근원은 사람이지만 동시에 해결책 또한 그 사람 안에 있습니다. 그래서 정현종 시인은 우리의 삶을 '비스듬히'라고 요약했는지도 모릅니다.

네 번째 처방전

생명은 그래요.

어디 기대지 않으면 살아갈 수 있나요?

공기에 기대고 서 있는 나무들 좀 보세요.

우리는 기대는 데가 많은데

기대는 게 맑기도 하고 흐리기도 하니

우리 또한 맑기도 흐리기도 하지요.

비스듬히 다른 비스듬히를 받치고 있는 이여.

—정현종, 「비스듬히」

'공기에 기대고 서 있는 나무들 좀 보세요'라는 시인의 말에 저
도, 자지러졌지 뭐예요.

진면목을
알아보는 눈

허름한 옷차림만 보고 박대했는데 알고 보니 알토란 재력가였다거나 반대로 그럴 듯한 허우대에 외국 유학파라는 이력을 믿고 미래를 도모했는데 알고 보니 '허당'이었다 같은 에피소드는 우리네 일상에서 거의 데자뷔에 가깝습니다.

강의실에서 한 남자를 학생으로 소개했더니 사람들이 그의 키를 165센티미터로 추정했습니다. 그런데 강사로 소개했더니 그보다 2.5센티미터가량 더 크게 봤고, 전임강사로 소개했을 경우엔 다시 2.5센티미터가량 더 크게 생각했답니다. 정교수라고 소개하자 그의 추정 신장은 무려 175센티미터로 늘어났습니다.

알고 보면 아무 관련성이 없는 추론이지만 어떤 경우엔 본질이 아닌 줄 알면서도 현상에 강력하게 지배당합니다.

특히 사람과 관련한 문제에서는 더 그렇습니다. 누군가에 대해서 체조경기 채점 때처럼 최고와 최저 점수를 제외하고 평가하는 식의 객관성을 유지하기란 현실적으로 불가능한 일이니까요.

어떤 이를 평가하고 있는 순간, 알고 보면 내 생각과 다를 수 있다는 정도의 인식만 할 수 있어도, 대단한 선방입니다.

자세히 보면
잠깐피는 꽃이
더아름답다.

이름모를꽃

걱정은
걱정 인형에게

　마야 인디언의 후예들이 만들었다는 인형을 선물로 받았습니다. 자기 몸보다 서너 배는 더 큰 주머니를 달고 있는 앙증맞은 크기의 이 인형은 마야 인디언들이 걱정거리가 있을 때 그 고민을 털어놓곤 한다는 '걱정 인형'입니다.

　걱정 인형에게 걱정거리를 말한 다음 베개 밑에 넣어두고 자면 밤사이 걱정 인형이 그 걱정거리를 모두 가지고 간다는군요. 제게 걱정 인형을 선물한 청년을 떠올리며 '이제부턴 나도 걱정이 생기면 저 인형에게 털어놓아야지……' 하며 잠시 유쾌하고 낭만적인 기분이 되었습니다.

　그러다가 문득 한 작가가 어린 손녀와 나누었다는 걱정 인형 얘기가 떠올랐습니다. 꼬물꼬물한 걱정을 유난히 많이 하는 손녀에게 걱정 인형의 존재를 알려주며 앞으로는 걱정할 필요가 없다고 말해주었답니다. 그랬더니 손녀는 '그럼 걱정 인형의 걱정은 어떻게 하느냐⋯⋯'고 물었다지요.

　내 걱정에만 매몰되어 세상을 '내 걱정 중심'으로 해석한 개인적 경험들 서너 가지가 떠오르며 가슴까지 붉어졌지만 내 걱정거리를 마음 놓고 털어놓을 수 있는 존재가 주는 짜릿한 유혹까지 떨쳐버리기는 어려웠습니다.

　아주 어린 시절의 부모가 아이에게 그런 것처럼 조금의 불안도 없이 내 고민을 털어놓을 수 있는 걱정 인형 같은 존재가 주위에 있다면, 그건 삶의 축복입니다.

　그런 사람을 찾는 게 쉽지 않다면, 본인이 직접 누군가의 '걱정 인형'이 되어보는 경험은 어떤지요.

맨얼굴의
관계

자유와 나눔을 중시한다는 대안학교에 아이를 보낸 한 학부모의 고백은 가슴에 와 닿습니다. 제도교육 체제 내에서는 아이와 좋은 관계를 유지하기가 거의 불가능했는데 대안학교를 보내니 자신과 아이의 관계가 본질로 돌아온 것 같아 행복하다고요.

대안학교의 효율성에 대한 논의와는 별개로, 아이와의 관계가 본질로 돌아온 것 같아 행복하다는 부모의 고백은 듣는 사람의 가슴조차 설레게 합니다. 본래 부모 자식의 관계란 게 그런 것이겠지요.

부부, 친구, 연인, 이웃, 형제 등 모든 관계는 그렇게 맨얼굴의 관계가 되어야 합니다.

맨얼굴의 관계를 방해하는 걸림돌들은 마음만 먹으면 얼마든지 걷어낼 수 있는 것들에 불과합니다. 아이의 미래를 빌미 삼는 부모처럼 관행적이거나 자기합리화를 위한 핑계일 따름입니다.

네 번째 처방전

나희덕 시인의 절창(絶唱)처럼 '산다는 일은 더 높이 올라가는 게 아니라 더 깊이 들어가는 것'입니다. 특히 모든 맨얼굴의 관계에서는요.

달밤에
발가벗고 걸어다니
노래하리라

관계맺음은
생존 본능

뇌 촬영을 통한 연구 결과, 내가 다른 이들로부터 배제 당하는 경험은 뜨거운 것에 데거나 날카로운 흉기에 찔릴 때 느끼는 물리적 통증과 똑같답니다.

실제로 암환자가 자살하는 경우는 거의 없지만 타의든 자의든 사람들과의 관계가 차단적일 수밖에 없는 AIDS환자나 심각한 피부질환자 중에는 스스로 목숨을 끊는 사람들이 적지 않습니다.

자신의 존재가 받아들여지지 않고 제외된다는 느낌 때문입니다.

어느 시인은 '외로우니까 사람이다'라고 노래했습니다. 그 말에 절절이 공감하지만, 사람들과 최소한의 관계조차 포기하고 살라는 것은 산소 없이 적당하게 잘 살아보라는 주문과 비슷합니다.

관계중독증 수준이 아닌 한 타인과 관계를 맺으려는 인간의 욕망은 생존을 위한 본능에 가깝습니다.

네 번째 처방전

타인과 관계를 맺으려는 인간의 욕망은
생존을 위한 본능에 가깝습니다

미워하면서
닮는다

갓 태어난 새끼 오리들이 태어나는 순간에 처음 본 대상을, 그것이 사람이든 청소기든 상관없이 어미 오리처럼 따라 다니고 사랑하기까지 한다는 '각인효과' 실험은 유명합니다.

그런데 저는 각인효과를 증명하기 위한 후속 실험에서 나온 의외의 결과들이 더 흥미롭습니다. 한 학자가 너구리를 대상으로 각인효과 실험을 하던 중 발견한 사실입니다. 너구리가 자신의 행동을 따라 하는 것은 익히 예견된 일이었지만 자기도 은연중에 일상생활에서 너구리의 행동을 모방하고 있더라는 겁니다. '상호각인 효과'입니다.

'미워하면서 닮는다'는 속설까지 들먹이지 않아도 모든 인간관계는 상호적입니다. 일방적인 관계란 존재하지 않습니다. 아기를 보면서 자기도 모르게 몸과 마음이 어떤 식으로든 영향을 받는 것도 바로 그런 '상호각인 효과' 때문입니다.

네 번째 처방전

사람 사이에선 에누리 없이 상호각인의 법칙이 통용된다는 걸 잊지 않는다면, 사람 스트레스의 근원을 찾고 예방하는 일이 한 뼘쯤 쉬워질지도 모르지요.

어쩐지
끌리더라

한 무리의 사람들을 두 패로 나누면서 분류 기준이 이 문세 팬과 서태지 팬이라고 귀띔해 줍니다. 그런 다음 가수를 좋아하는 취향과는 전혀 상관없는 공동의 과제를 수행하면서 구성원들을 평가하게 하면, 객관적 성과보다 자신이 호감을 가지는 가수의 그룹에 속한 이들을 더 긍정적으로 평가하는 경향이 농후하답니다. 어쩐지 끌리더라, 는 심리가 바탕에 있어서 그렇습니다.

하지만 실제론 두 그룹의 분류 기준이란 존재하지 않았습니다. 이문세나 서태지와는 애초부터 아무 상관이 없었다는 말이죠. 단지 그렇게 귀띔해 주었을 뿐인데 추호의 의심도 없이 이문세와 서태지로 범주화하여 타인을 평가하게 된다는 것입니다. 어쩐지 비슷하더라니, 하면서요.

제가 아는 어떤 이는 자식에게 밥을 사주면서도 '내가 왜 그 많은 아이들 중에서 이 아이에게만 밥을 사주고 있는 걸까?'를 생각

하는 때가 있답니다. 지나친 감이 없진 않지만, 그런 의문을 통해서 부모 자식이라는 틀에 얽매이지 않고 근본적인 관계의 질(質)을 성찰할 계기가 될 수도 있겠지요.

한 연구에 의하면 평소 인간관계에 가장 큰 영향을 미치는 4대 요소는 나이, 교육수준, 인종, 종교라고 합니다. 사람들은 이런 점들이 비슷할 때 가장 끌린다는 거지요.

백 번 수긍하면서도 한편으론, 그 또한 지나가는 '귀띔'에 불과한 것인데 현혹되고 있는 건 아닐까 하는 의구심이 생기기도 합니다.

실제론 O형 사람을 B형으로 착각해 B형의 특성에 그 사람을 대입하며 '맞아 맞아 그렇다니까'를 연발하는 식의 사례가 비일비재하니까요.

어떤 사람이나 현상에 대해 고개까지 주억거리며 '어쩐지……' 하는 느낌이 지나치게 강하다 싶을 땐 강제로라도 멈춤 표시판을 세우고 찬찬히 되짚어야 진짜 결을 놓치지 않습니다. 말처럼 쉽지는 않지만, 저는 그렇게 노력 중입니다.

네 번째 처방전

고립의 섬에서
탈출하려면

오랜 연구 결과, 특정 제품이나 서비스에 불만이 있는 고객의 96퍼센트는 불평 한 번 토로하지 않은 채 즉각 거래를 중지한답니다. 침묵했으므로 데이터상으로는 고객으로 남아 있을지 몰라도 이미 떠나간 배입니다. 격렬하든 어쨌든 싸움이라도 할 때가 그나마 관계회복의 불씨가 남아 있는 거라는 부부관계 전문가들의 조언은 그래서 타당해 보입니다.

자기 말이 유난히 많은 사람과의 관계에서도 96퍼센트 침묵의 법칙은 그대로 적용됩니다. 어떤 이가 나와의 관계에서 일방통행식 대화를 반복할 경우 마음속에서 셔터를 내려버리는 것은 당연한 수순입니다. 그런 까닭에 자기 말만 많은 사람은 배신을 잘 당하게 마련입니다.

실제로 그런 것이 아니라 본인이 그렇게 느끼는 것이지요. 배신이란 게 본래 내가 예상하지 못한 방향으로 사태가 전개돼서 생기는 현상의 하나인데 남의 생각에 제대로 귀 기울여본 적 없으니 대개의 일이 의외일 수밖에요.

어느 최고경영자는 농반진반(弄半眞半)으로 점심시간이나 회식 때 자기가 말이 많아지는 것은 독방살이의 설움 때문이라고 토로한 적이 있습니다. 그렇다면 무슨 수를 써서라도 그런 구도를 바꿔야 합니다.

진단으로 그칠 일이 아닙니다. 그렇게 하지 못하면 결국엔 심리적 방화벽에 둘러싸여 섬처럼 고립될 수밖에 없으니까요.

자기 말만 하느라 바쁜 것만큼 어리석고 무능한 일이 또 있을라고요.

네 번째 처방전

자기 말만 하느라 바쁜 것만큼
어리석고 무능한 일은 없습니다

모두
다르다

중년이 된 8남매가 제사 같은 모임에서 주고받는 부모님에 대한 농반진반(弄半眞半)의 기억은 흥미롭습니다. 장남인 '오빠의 엄마'와 다섯째 딸인 '내 엄마'가 다른 사람인 듯하고 늦둥이 막냇동생의 아빠와 셋째 아들인 내가 기억하는 아버지는 전혀 다른 사람이라나요.

한밤중에 컴컴한 광 한구석에서 식구들 몰래 장남에게만 닭백숙을 발라주던 오빠 기억 속의 엄마와 아침 밥상에서조차 차별받았던 다섯째 딸이 기억하는 엄마는 조금 다를 수밖에요.

자식들에게 유난히 엄격해서 스킨십조차 쉽지 않았던 아버지와 무엇이든 오냐 오냐 하며 품에서 놓지 않으셨던 늦둥이 막내가 기억하는 아빠 또한 전혀 다른 사람일 수밖에요.

똑같은 시점으로 63빌딩을 보고 있어도, 그곳 전망대에서 연인과 혹독한 이별을 경험했던 이와 수족관에서 아이스크림 먹던 어린 시

네 번째 처방전

절을 달콤하게 기억하는 이의 느낌은 전혀 다를 수밖에 없습니다.

　외형적으론 똑같아 보여도 내가 보고, 내가 경험하고, 내가 기억하고 있는 것과 다른 사람의 그것이 다를 수 있다는 사실을, 머리가 아니라 몸으로 순하게 받아들일 수 있으면 사람 스트레스는 현저히 줄어들게 되어 있습니다.

눈물도
말입니다

천재지변의 사고로 딸을 잃은 엄마가 한 세미나에서 자신이 겪은 감정을 말하는 도중 눈물이 복받쳐 말을 잇지 못하면서 발표가 중단되었답니다. 그랬더니 사회자가 슬며시 곁에 다가와 물컵을 건네주면서 속삭이듯 말했다지요.

"눈물도 말[言]이에요."

그 한마디로 깊은 날숨 같은 위로를 받았고 덕분에 감정을 잘 추스를 수 있었다는 그녀의 경험담을 전하는 일은 차라리 사족입니다. 자신을 그 엄마의 입장에 놓고 생각하면 금방 답이 나오는 문제이니까요.

부부 싸움 도중 도무지 말이 통하지 않는다는 생각에 너무 답답해서 울고 있는 아내에게 '당신이 지금 울고 있는 이유를 세 가지로 정리해서 말해보라'는 논리적 남편의 전략적 주문은 아내 입장에선, 일종의 재앙입니다.

네 번째 처방전

적절한 타이밍에 '눈물도 말[言]입니다' 같은 지혜와 아량을 발휘할 사람이 곁에 있다면, 축복입니다.

나이가 들수록 지혜와 아량이 어른의 필수 조건인 것 같은 생각이 절실해지곤 합니다. 점점, 그런 어른 같은 사람이 그렇게 좋아지더라고요. 저도 지혜와 아량의 화신 같은 어른이 되려고 열심히 노력 중입니다.

망설이지 말고
재지 말고

제가 잘 아는 다독가(多讀家)는 책을 살 때 화끈합니다. 돈을 헤프게 쓰거나 신중하지 못한 성격 때문이 아닙니다. 책한 권을 사서 한 줄 건지면 그것으로 충분한데 뭘 이리저리 따지냐는 겁니다. 자신의 경험상, 책 한 권에는 반드시 한 줄 이상 건질게 있으므로 그렇게 잴 시간이 있으면 다른 책을 한 권 더 읽으라는 거지요.

좀 과격한 측면도 있지만, '책 한 권에서 한 줄만 건지면 된다'는 배짱 같은 무심함은 사람을 혹하게 만드는 구석이 있습니다.

살다 보면 선택의 기로에서 불필요하게 망설이는 때가 있습니다. 그럴 필요가 없는 문제에서까지 괜히 미적거리면서 에너지만 소모하는 것입니다. 그럴 때 정말 필요한 건 '책 한 권 한 줄' 정신일지도요.

어떤 경우 '한 줄 정신'은 상황이나 물건을 선택할 때뿐 아니라

네 번째 처방전

심지어 사람을 선택할 때도 유용한 팁이 됩니다. 놀이 친구를 찾으면서 배우자 고르듯 할 필요 없는 거고 카풀(car pool) 동료를 구하면서 동업자의 선택 기준을 적용하며 괜히 머리를 싸맬 필요는 없는 거니까요.

세상에는
나도 있지만 남도 있다

제가 아는 한 건축가는 '자연 속에 건물을 지을 때 자연에게 미안한 듯 건물이 살짝 들어서야 한다'는 철학을 가지고 있습니다. 건축에 꼭 필요한 공간만큼만 나무와 풀을 베어내고 그 자리에 마치 꽂아 넣듯 건물을 앉힙니다. 그래서 그가 자연 속에 지은 건물들은 벼랑 끝에 걸려 있거나 숲 한 귀퉁이에 새색시처럼 다소곳하게 자리 잡고 있습니다.

건축물에 대한 전문적 평가와는 별개로 저는 그 건축가가 주객 (主客)의 개념을 혼동하지 않는 사람이라는 이유만으로도 마음이 끌립니다. 그에게는 조상 대대로 살아온 원주민을 몰아낸 뒤 원래부터 자신들이 그 땅의 주인인 것처럼 행동하는 정복자들의 주객 전도 식 무례함이나 이기심이 없습니다.

노벨 경제학상을 받은 한 학자는 자신의 이익을 최대화하는 데만 몰두하는 경제 인간을 가리켜 '합리적 바보(rational fool)'라고

네 번째 처방전

지칭합니다. 그들은 더 중요하고 덜 중요한 것, 내가 취해야 할 것과 양보해야 할 것 사이의 경계가 아예 없거나 알면서도 무시합니다. 주객이 뒤바뀐 현상을 합리적 경제 행위로 포장합니다. 내 이익의 극대화에만 몰두하고 있으니 당연합니다. 그러니 자신의 행동이 타인에게 미치는 파장을 알 길이 없습니다.

합리적 바보가 되지 않는 비책, 간단합니다. 세상에는 나도 있지만 남도 있다는 평범한 사실을 각성하는 것입니다.

가장 완벽한
실수

부모가 반대한 결혼이나 직업을 택한 이들의 마음고생은 옆에서도 보기에도 애처롭습니다. 몇 년이 지나도 부모의 인정을 받지 못할 경우 그들은 '내 존재 자체가 거부당했다'는 느낌 때문에 깊은 통증을 지닌 채 살아갑니다.

세상 누구보다 자식을 사랑한다는 부모들이 무심하게 저지르는 이런 폭력을, 저는 이해하기 어렵습니다.

부모가 자식의 결정을 반대하는 이유는 겉으론 어떤 포장이든 대부분 부모 자신의 개인적 세계관에서 비롯합니다. 학벌이나 장래성, 경제력, 외형적 번듯함, 또는 가문의 전통 따위에 대한 부모 자신의 가치관이 반대 준거가 됩니다. 자녀의 취향이나 적성 등은 고려되지 않거나 맨 마지막입니다.

철저한 채식주의를 고집하는 이에게 육류로 가득한 밥상을 차려놓고 맛있게 먹어야 한다고 윽박지르는 격입니다. 한 번도 못 먹

네 번째 처방전

어본 음식을 맛보게 해야 한다는 강박이 있는 경우도 있지요.

상차림을 위해 투입된 돈과 시간과 정성만을 감안하면 이해할 수도 있습니다. 하지만 먹는 이의 식성을 고려한다면 폭력도 이런 폭력이 또 없지요.

'내 눈에 흙이 들어가기 전엔……'을 외치며 결혼을 반대한 부모가 달동네 사는 딸네 집을 몰래 들여다보고 갔다는 식의 에피소드는 더 이상 미담일 수 없습니다.

부모 자신의 자존심이나 억하심정을 시위할 게 아니라 그 시간에 자식을 한번 꼭 안아주고 다독여주는 게 백 번 어른답습니다. 설마 부모로서 자식한테 해가 될 일을 하겠느냐는 확신이 가득하다면, 실수하는 거라고 저는 단언합니다.

상대방에게 치명적 위해를 가함에도 불구하고 정작 본인은 무슨 실수를 저질렀는지조차 알 수 없는, 실수 중에서도 가장 완벽한 실수라 할 수 있습니다. 누군가에게 행하는 실수 중 완벽한 실수만큼 위협적인 것도 흔치 않습니다.

역할 성격과
실제 성격

성인이 된 후 흔하게 듣는 얘기 중 하나는, '한밤중에 부모님 방을 덜컥 열지 말아야 한다는 걸 깨닫는 순간부터 어른이 되기 시작한 것 같다'는 누군가의 고백입니다.

그 말은 엄마 아빠를 부모라는 역할 성격으로서가 아니라 한 인간으로 바라보기 시작했다는 의미의 또다른 표현일지 모릅니다.

사회생활을 하는 대부분의 성인은 자기의 본래 성격과는 별개로 사회적 지위에 걸맞은 역할 성격을 가지게 됩니다. 맏딸, 선생님, 대통령, 윗사람, 부모 등의 역할을 맡은 이는 알게 모르게 사람들의 기대에 부응하기 위한 행동을 하게 되는데 그런 과정에서 역할 성격이 생겨나게 되는 것입니다. 역할 성격의 측면에서 보면 모든 인간은 멀티플레이어일 수밖에 없습니다.

어른이 된 후에도 '우리 엄마는 생선 머리만 좋아하셨지'라고 회상한다면 그는 엄마의 역할 행동과 엄마의 본래 취향을 구분하지 못하고 있는 것입니다.

어떤 이의 역할 성격과 실제 성격을 구분해서 바라볼 수 있으면 불필요한 사람스트레스를 확실하게 줄일 수 있습니다. 때로 역할 성격과 실제 성격의 경계를 구분하는 심리적 눈썰미는 인간의 성숙도를 가름하는 중요한 징표가 되기도 합니다.

역할 성격과 실제 성격을 구분해서
바라볼 수 있으면 불필요한
사람스트레스를 줄일 수 있습니다

인정
욕망

아이들은 절대적 사고패턴을 가지고 있습니다. 사고의 중간지대가 없습니다. '아빠가 나를 위해 시간을 낼 수 없다면 뭔가 나에게 잘못이 있을 것이다' '엄마가 나를 버린다면 모든 사람이 나를 버릴 것이다'는 식으로 생각합니다.

그래서 아이에겐 부모의 인정이 자기 인식의 절대적인 기준이 됩니다.

나이를 먹으면서 사라지는 엉덩이의 몽고반점과 달리 인정 욕구의 흔적은 어른이 되어도 사라지지 않는 경우가 많습니다. 어떤 측면에선 더 강렬해집니다. '인정 욕망'이라 할 만합니다.

남편의 습관적 외도에도 철마다 건강식품을 꼬박꼬박 챙겨주는 여자나 심각한 데이트 폭력에 시달리면서도 '내 행동에 문제가 있어서 저 사람이 저런다'는 생각에 예전보다 더한 정성을 기울이는 이는 옆에서 보기에도 딱합니다.

합리적인 방식으론 도저히 이해되지 않는 이런 현상의 기저에는 식욕이나 성욕만큼 강력한 인간의 인정 욕망이 자리 잡고 있습니다. '이 사람이 날 떠나면 모든 사람이 날 버릴 것이다'는 원시적 사고의 흔적은 파렴치한 상대에게라도 어떻게든 인정받고자 하는 비정상적인 집착으로 연결됩니다.

숨이 턱에 찰 만큼 노력을 해야만 유지되는 그런 관계가 있다면 나의 부적절한 인정 욕망이 활화산처럼 작동하고 있다는 신호일 수도 있습니다.

'제 맘 알죠?'

한 중년 주부는 기도발이 좋으려면 기도의 내용이 복잡하지 않아야 한다는 확고한 믿음이 있습니다. 그래서 그녀가 자신의 간절한 소망을 절대자에게 기원할 때 쓰는 기도 문구는 더할 수 없이 간명합니다. '제 맘 알죠?'

전지전능한 절대자와의 특수한 의사소통이라는 사실을 감안하면 일견 미소 지으며 고개를 끄덕일 수도 있는 기도문이지만, 일상적 인간관계에 이런 이심전심(以心傳心) 같은 소통 방법을 적용하기는 쉽지 않아 보입니다.

조직 커뮤니케이션에 관한 연구 결과에 따르면 조직의 구성원들은 동일한 메시지를 여섯 번 정도 접해야 '한 번쯤 들은 적이 있는 것 같다'고 받아들인다지요.

소통에서 중요한 것은 콘텐츠가 아니라 프로세스입니다. 정신분석 치료에서, 내담자가 말하는 내용 자체보다 그 내용을 펼쳐

보이는 과정에 그 사람이 가진 문제의 핵심이 담겨 있다고 보는 것은 바로 그런 이유에서입니다.

이심전심, 뜻도 좋고 어원도 감동적이지만 현실세계에선 이상으로만 존재하는 소통 방법일 가능성이 높습니다. 내 맘 알겠거니, 하는 비현실적인 의사소통 방식은 반드시 그에 합당한 대가를 요구하게 되어 있습니다.

답답하다

세상에서 가장 먼저

만나야 할 사람은 나입니다

가장 뒤늦게 가장 아프게 배우는 깨달음

더 이상
미룰 수 없는 만남

한 사찰에서 일반인을 대상으로 진행하는 무문관(無門關) 체험 프로그램은 흥미롭습니다. 말 그대로 출입문이 봉쇄된, 문이 없는 방에서 본래의 자기 모습과 대면하고 싶은 사람들이 3~4일 간 깊은 명상을 하는 프로그램입니다.

휴대전화는 물론 어떤 소지품도 가지고 들어갈 수 없으며 하루에 한 번, 문에 난 구멍으로 하루치 양식만 제공한답니다. 바깥세상과 완벽하게 차단된 상태에서 있는 그대로의 자기와 대면을 하기 위한 목적입니다.

그런데 스님들의 말에 따르면, 대부분의 사람들은 무문관에 들어간 첫날 아무것도 안 하고 하루 종일 잠만 잔다는군요. 그러다가 둘째 날부터 두려운 마음으로 자기를 느끼기 시작한다는 겁니다.

저는 첫날의 하루 종일 잠을, 외부 세상의 번다한 자극을 씻어

내고 자기를 대면하기 위한 준비 운동이거나 휴지기가 필요해서 나타나는 지극히 자연스러운 반응이라 짐작합니다.

어떤 이는 가끔씩 자기와의 조우(遭遇)를 위해서, 본인 사망 외에는 불참이 있을 수 없다는 골프 일정을 확정하듯이 수첩에 '중요 만남'이라고 적어놓고 그날은 어떤 약속도 잡지 않는다네요.

남들이 보기엔 무의미할 수도 있는 '하루 종일의 잠'을 깊이 인정하고 충분히 배려할 수 있어야 비로소 자기 대면의 실마리가 보입니다.

'하루 종일의 잠'은

자기를 대면하기 위한 준비 운동이거나

휴지기가 필요해서 나타나는 자연스러운 반응입니다

자기치유력의
근원

　험준한 암자에서 생활하는 스님은 독한 감기에 걸려도 고립된 환경이라서 별다른 약도 없고 돌봐줄 사람도 없게 마련입니다.

　이런 때 선승(禪僧)이 쓰는 비상수단은 앉은 채로 그냥 2~3일 굶는 것이랍니다. 그러면 웬만한 병은 다 치유된다네요. 외부의 자극을 차단한 채 고요하게 자기에 집중하다 보면 놀랄 만한 자기치유력이 발휘된다는 것입니다.

　제 경험에 의하면, 삶의 문제를 해결할 수 있는 모든 힘의 근원은 자기를 절절하게 느끼는 행위에서 비롯합니다. 잘나든 못나든, 상처투성이든 아니든 그 안에서 내 본래의 모습이 이랬구나, 내가 그래서 힘들었구나, 나한테 이런 욕구가 있었구나⋯⋯를 알아차리고 발견하기. 그럴 때 인간의 자기치유력은 극대화됩니다.

　살아 움직이는 자기의 실체를 생생하게 실감할 수 있다면, 그것
은 능력입니다. 삼손의 머리카락처럼 내가 가진 모든 힘의 근원이
바로 그곳에 있으니까요.

여러 모습으로
살아도 좋다

한 연극배우가 공연 중에 잠자는 연기를 하다가 아주 짧은 순간 진짜로 잠이 들었답니다.

다음날 한 평론가는 그 주연 배우의 연기에 대해 이렇게 평가했습니다. "그녀의 연기는 완벽에 가까웠다. 바닥에서 잠자는 장면의 어색함만 제외하면." 잠자는 연기를 한 게 아니라 실제로 잠이 들어버렸음에도요.

라디오 드라마에서 건물이 타들어가는 장면을 표현할 때 담뱃갑 겉면의 비닐 구기는 소리를 이용한다지요. 소리로만 들을 때는 담뱃갑 비닐 구기는 소리가 실제의 화재 현장음보다 훨씬 리얼하기 때문입니다.

살다 보면 실제가 가짜 같고 가짜가 더 진짜 같은 희한한 경우들이 있습니다. 풍경도 그렇고 사물도 그렇습니다. 심지어는 사람조차도 그럴 때가 있지요.

다섯 번째 처방전

내 안의 여러 모습들도 그 희한한 현상에서 예외적이지 않습니다. 이중적이거나 위선적인 것 같아 개운치 않던 일들이 실제의 내 모습과 더 가까운 경우도 허다합니다. 특히 인간의 선성(善性)이 발휘되는 순간에 그렇습니다.

한 성직자는 '수도자는 위선적으로라도 겸손해야 한다'고 말합니다. 그러다 보면 위선도 뛰어넘게 된다는 거지요. 나의 선한 행동이 이중적이라는 느낌 때문에 불편한 마음이 있더라도 계속하다 보면 결국 그 이중성을 뛰어넘어 내 본성을 발견하게 됩니다.

그래서 남에게 잘 보이기 위한 듯한 자신의 이중성 때문에 고민하는 이들에게 저는 오히려 더 다중적으로 살아도 된다고 충동질하곤 합니다.

다중적으로 살아도 되고말고요.

다섯 번째 처방전

오롯이 혼자
서게 된다는 것

현재 우리나라에서 평균 다섯 집 중 한 집은 '나 홀로' 가구랍니다.

나 홀로 가구가 증가하는 여러 사회적 이유들이 있겠지만 결정적인 건 인간의 간절한 독립 욕망 때문일 가능성이 큽니다. 청소년기를 지나면 형성되는, 가족과 같은 원시적 형태의 집단으로부터 물리적으로 독립하기 위한 거의 본능적 수준의 욕구라고 할 수 있습니다.

하지만 세상과 나의 경계를 명확하게 구획할 수 있는 심리적 독립은 물리적 독립보다 훨씬 까다로울 뿐 아니라 때론 엄두조차 내기 어렵습니다. 그런 점에서 사람이 온전히 혼자 서게 된다는 것의 의미를 섬세하게 정의한 한 베테랑 심리치료사의 육성은 가슴에 와 닿습니다.

남들이 나를 어떻게 생각하든 자기 자신에 대한 확신을 가질 수 있을 때, 타인의 인정을 얻기 위해 자신을 왜곡하는 일을 멈출 때, 그리고 실패를 경험한 후에도 자신을 탓하지 않을 때, 그럴 때, 인간은 비로소 온전히 혼자 서게 된다는 것이지요.

쉽지는 않겠지만, 그렇게 자기를 제대로 인식하고 집중하고 어루만질 수 있는 게 진짜배기 독립입니다.

다섯 번째 처방전

타인의 인정을 얻기 위해 자신을 왜곡하는 일을 멈출 때

실패를 경험한 후에도 자신을 탓하지 않을 때

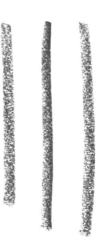

내가 진짜로
원하는 게 뭘까?

물질적으로 풍요롭진 않지만 지금의 상태가 무척 행복하다는 한 독립영화 감독은 원래 중국이란 나라에 능통한 직업을 가지려고 했던 사람이었습니다. 중국 시장의 전문가가 되면 장래가 밝을 것이라는 막연한 기대가 있었으니까요.

그가 영화감독으로 진로를 바꾼 이유는 단순하고도 명쾌합니다. 중국어를 배워서 취직 잘하고 돈이나 잘 벌자고 생각했었지만 그건 원래부터 돈이 중요해서가 아니라 돈보다 중요한 걸 찾지 못해서였다는 사실을 깨달았기 때문입니다.

자신이 진짜로 원하는 상태가 아니었음에도 정작 본인은 그 사실을 잘 몰랐고, 거기에 전력투구까지 한 셈입니다.

살면서 그런 종류의 에피소드를 접하는 일은 어렵지 않습니다. 그러다 보면 결국엔, 자신이 선택한 대로 결과를 얻지 못해도 이를 인식하지 못하는 선택맹(選擇盲) 상태에 이를 수밖에요. 〈스승

의 은혜〉로 시작한 노래가 〈어머님의 은혜〉로 끝나는 졸업식의 풍
경은 좀 우습지 않은가요.

　우리의 삶도 그와 조금도 다르지 않습니다.

　내가 진짜로 원하고 좋아하는 것은 무엇일까를 끊임없이 돌아
볼 수 있어야 선택맹을 예방할 수 있습니다. 쉽지 않은 일이지만
내 삶을 낭비하지 않기 위해서 꼭 지켜야 할 예방수칙입니다.

내가
지켜보고 있다

'담임이 보고 있다'는 기상천외한 급훈이 등장한 이후, '선영(여자친구)이가 보고 있다'거나 '엄마가 보고 있다'는 따위의 경쾌 발랄한 패러디 행렬이 한동안 눈을 즐겁게 했습니다.

개인적으로 가장 인상 깊은 관련 시리즈는 얼마 전 우연하게 접한 한 기업 연구개발팀 칠판 표어입니다.

지켜보고 있다!

앙증맞은 사람 그림 하나에 이 말이 전부였습니다. 팀장이 보고 있다는 건지, 회사가 보고 있다는 건지, 고객이 보고 있다는 건지, 보는 각도에 따라 해석이 다양해지더군요. 그 연구원들이 하는 일의 속성상 저는 그 표어의 앞쪽에 '내가'라는 말이 생략되었으리라고 짐작했습니다.

자의식이 예민한 사람은 홀로 있는 몰카를 찍어도 별 차이가 없습니다. 자기가 스스로를 감시하기 때문입니다. 자의식이 남다르다고 주장하는 한 중년남이 볼록한 배가 보기 싫어서 혼자 있을 때도 배에 힘을 주고 있느라 늘 아랫배가 불편하다는 것처럼요.

　어떤 심리학자는 인간의 자의식이 형성되는 시기를 어린 아이가 처음 거울을 보는 순간이라고 정의하더군요. 약간의 과장이 있지만 수긍할 만합니다.

　과하지 않게 자기 스스로에게 '지켜보고 있다'를 되뇌는 어떤 이는 뒷모습조차 다르게 느껴지더군요. 물론 좋은 쪽으로요.

찬.찬.히.
깊.게.

한 영화감독은 자신이 중학생 때 보았던 영화의 한 부분을 성인이 되어서야 이해한 경험이 있답니다. 남성 동성애자의 애절함을 우회적으로 묘사한 장면이었는데 30년 전엔 그것을 다른 맥락으로 이해했던 거지요. 그렇다면 그때 그 중학생이 보았던 장면은 무엇이었을까요?

'지구가 평면이 아니라 둥글다'라는 경천동지할 수준은 아니더라도 지금껏 진실이라고 알고 있던 일들이 실은 잘못된 사실인 경우, 역사뿐 아니라 일상에서도 부지기수입니다. 그렇다면 잘못된 사실을 진실로 오인했던 그간의 시간에서 우리가 믿고 있었던 것은 무엇이었을까요?

한 번도 낚시를 해본 적이 없는 한 소설가는 '낚시의 손맛'이라는 표현을 보면서 자신이 모르는 세계에 대해 생각하게 되었다고 합니다. 살다 보면 낚시의 손맛처럼 내가 모르는 세계가 수두룩하

다섯 번째 처방전

다는 느낌을 받습니다.

제 경험에 비추어보면 사람들 대부분이 자신을 들여다보는 문제에서 특히 그렇습니다. 찬.찬.히. 깊.게. 자신을 바라보는 경험 없이 지레짐작만으로, 자신을 불필요하게 핍박하거나 괜한 연민을 갖거나 턱없이 과시합니다.

30년 전의 한 중학생이 그랬던 것처럼 보았지만 보지 못한 것이 있다면, 그런데 그것이 바로 '나'의 실체를 아는 영역의 문제라면 너무 아쉽고 안타깝지 않을는지요.

투명
화장실

몇 년 전 유럽의 한 예술가가 시내 번화가에 투명 화장실을 설치한 적이 있습니다. 화장실 안에서는 밖이 잘 보이지만 밖에서는 안이 전혀 보이지 않는 '원 웨이 미러(one-way mirror)' 방식이었는데 이용자들이 재미있는 반응을 보였다는군요.

일단 들어오기는 하는데 제대로 '볼일'을 보지 못하더라는 겁니다. 나는 잘 보이는데 상대방은 나를 전혀 볼 수 없다는 사실을 인식하기가 쉽지 않아서였습니다. 공상 소설 속에서 초보 투명인간이 자기가 안 보인다는 사실을 자각하지 못해서 실수를 연발하는 상황과 비슷합니다.

자기를 인식하는 일도 그와 크게 다르지 않습니다. 내가 보는 '나'와 남이 보는 '나'가 다른 것은 물론이고 그걸 알아차리기가 생각보다 쉽지 않습니다.

'나는 상관 안 해' 같은 무신경이나 뻔뻔함을 전면에 내세우지

다섯 번째 처방전

않는 한 자기인식은, 투명 화장실에 앉아서 안을 들여다보고 있는
행인을 바라볼 때처럼 당혹감과 괴리감을 동반합니다.

　그걸 견딜 수 있어야 비로소 제대로 자기대면이 가능해집니다.

당신의
재산 목록 1호

재물, 권력, 유명세, 재능 등이 두드러진 이들은 의심병이나 배신감 때문에 괴로워하는 경우가 많습니다. '나에게 호의적인 사람들 대부분은 내가 아니라 내가 가진 재물이나 재능 때문에 그런 척하는 것이다'라는 믿음이 지나쳐서 그렇습니다.

일정 부분 경험칙에 의한 것일 수도 있지만, 가장 가까운 가족과의 관계에서조차 의심과 배신감을 거두지 못하는 상태가 일상화됩니다. 스스로도 '나라는 사람'의 진짜 경계가 어디인지 혼몽해질 수밖에요.

연구 결과에 따르면, 사람은 자기와 상반된 가치관을 가진 사람과의 사랑을 더 가치 있는 것으로 생각하는 경향이 있답니다. 가치관의 차이에도 불구하고 상대방이 나를 좋아하는 것은 의견이 아닌 '나라는 사람 자체를 좋아한다고 여겨서입니다.

그런 점에서 보면 어떤 경우에도 나라는 사람 자체에 집중하려고

다섯 번째 처방전

저녁해가 괄 찼다.

하는 인간의 속성은 거의 본능에 가깝습니다.

내가 가진 재능이나 재물을 나와 동일시하는 것도 어리석지만, 그것들을 나의 일부분이 아닌 것처럼 무조건 부정하거나 밀쳐내는 행위도 부적절하기는 마찬가지입니다.

'나'라는 사람이 누구인지 자주 응시하고 잊지 않으면 됩니다. 그러면 어떤 외형에도 흔들리지 않을 수 있습니다.

우리가 진짜로 지켜야 할 것은 재물이나 재능, 외모, 유명세가 아니라 바로 '나라는 사람, 그 자체'입니다.

느티나무는 슬슬
뿌리를 내린다

　　제가 세상에서 제일 인정하고 존경하는 짝꿍의 제 마음속 이름은 '느티나무'입니다. 시인 이원규가 「속도」라는 시에서 노래한 바로 그 느티나무입니다. 이원규 시인의 상상은 이렇게 펼쳐집니다.

> ......
>
> 생각한다 왜 백 미터 늦게 달리기는 없을까
> 만약 느티나무가 출전한다면
> 출발선에 슬슬 뿌리를 내리고 서 있다가
> 한 오백 년 뒤 저의 푸른 그림자로
> 아예 골인 지점을 지워버릴 것이다

　　그는 시 속의 느티나무와 꼭 닮았습니다. 하지만 제 마음속 느티나무는 자신이 슬슬 뿌리를 내리고 있는 줄 잘 모릅니다. 혹시 잔뿌리조차 내리지 못한 채 고사(枯死)하고 있는 게 아닐까, 늘 스스로를 의심합니다.

저는 그때마다 한 번도 빼먹지 않고 불안해하는 아이의 등을 쓰다듬듯 그를 다독입니다. 골인 지점을 아예 지워버릴 수 있을 만큼 특별한 힘을 가진 자신의 '존재감'을 잘 알아차릴 수 있도록요. 그것으로 충분합니다.

주변에 출발선 주위에서만 어슬렁거리는 것처럼 보여 답답한 이가 있다면, 그가 혹시 느티나무일지도 모릅니다. 자기 몸에 배인 속도의 잣대에서 조금만 벗어나면 느티나무의 푸른 그림자를 감지할 수 있습니다.

어쩌면, 큰 바위 얼굴에 등장하는 소년처럼 당신이 바로 그 느티나무일지도 모르지요.

다섯 번째 처방전

자기 몸에 배인 속도의 잣대에서 조금만 벗어나면

느티나무의 푸른 그림자를 감지할 수 있습니다

허영
검색

한 외국 영화에 평범한 직장인이 인터넷 검색창에 남몰래 자기 이름을 검색하는 장면이 등장합니다. 거의 고문자 수준의 직장상사 때문에 공황장애 약까지 복용하는 소심남이 틈날 때마다 인터넷 검색창에 자기 이름을 집어넣고 모니터를 응시하는 모습은 쓸쓸합니다. '검색결과 없음'이라는 화면까지 클로즈업되면 애잔하기까지 합니다.

한 조사기관 자료에 의하면 미국 성인의 47퍼센트는 인터넷 검색창에 자신의 이름을 넣어본 적이 있답니다. 우리나라도 대동소이하겠지요.

사람들 대부분에게 자기 이름 검색은 '검색결과 없음'이나 '내 이름과 같은 다른 누군가'의 자료들로 귀결되게 마련입니다. 그래서 인터넷 검색창에 자기 이름을 쳐보는 행위를 '허영 검색'이라고 부르는지도 모르지요.

다섯 번째 처방전

인터넷망이 마치 공기그물처럼 전 지구적으로 연결되어 개인의 독립성이 현저하게 침해받는 현실 차원에서 보면 허영 검색이란, 씁쓸한 개인적 욕망에 불과할 수도 있습니다.

하지만 심리적 영역의 차원에서 저는 그것이 허영처럼 느껴지지 않고 자기 존재감을 확인하려는 이들의 은밀하고, 간절하고, 다급한 신호처럼 느껴집니다.

바람이 보인다

거리 두고
나를 보기

세상에는 3개의 사과가 존재한다는 말이 있습니다. 아리스토텔레스의 사과, 뉴턴의 사과 그리고 세잔의 사과입니다. 화가로서 세잔의 천재성을 거론할 때 자주 인용되는 비유입니다. 하지만 생전에 세잔은 자신처럼 그림을 못 그리는 사람은 없을 것이라고 머리를 쥐어뜯었답니다.

반 고흐의 그림은 경매 역사상 최고가인 770억 원에 팔렸습니다. 하지만 생전에 반 고흐는 자신의 그림을 거의 팔지 못해 '언젠가는 내 그림들이 물감 값 이상을 받는 날이 올 것이다'라고 한탄했다지요.

자기 확신이 강한 일부 유별난 사람을 제외하면 현재 자신이 하는 일의 가치를 정확하게 깨닫고 스스로의 가치를 제대로 평가하는 일은, 쉽지 않습니다.

내게 일어난 좋은 일은 분에 넘치는 것이니 불안이 기본이고

다섯 번째 처방전

나쁜 일은 당연한 것이라 여기는 이들이 의외로 많습니다. 부적절하고 부정확한 주관성입니다. 부분적으로라도 자기 객관화가 될 수 있어야 비로소 '마이 웨이' 할 수 있습니다.

내 마음을
쏴라

처음 마당 있는 집에서 진돗개를 키우게 되었을 때 강아지 전용 샴푸, 린스, 타올 등을 잔뜩 사서 3~4일에 한 번씩 실내에서 깨끗하게 목욕을 시키곤 했습니다. 그것이 얼마나 불필요한 짓인지를 아는 데는 별로 많은 시간이 필요하지 않았습니다. 야생의 진돗개는 스스로의 자정 작용으로 자기 몸을 깨끗하게 하는데, 괜한 짓을 한 거지요.

얼핏 보면 '플러스알파' 같은데 실상을 알고 보면 괜한 짓인 경우, 얼마나 많은지 모릅니다. 돈이 많다는 이유만으로 하루에 다섯 끼의 밥을 먹거나 한 번에 두 켤레의 신발을 신거나 열 벌의 비싼 옷을 겹쳐 입을 수는 없는 노릇입니다. 더 불편하니까요.

대개 우리의 삶에서 '플러스알파'란 그런 것입니다.

내 욕구를 감지하는 영역에서도 내가 진짜 원하는 게 아니라 아마 그런 것을 원할 것이라고 지레짐작하는 경우가 많습니다. 그

다섯 번째 처방전

러니 쓰지도 않을 물건들을 잔뜩 집어넣고 떠나는 여행자의 배낭처럼 늘 버거울 수밖에요.

　자기 욕구를 정확하게 감지하는 영역에서만큼은 백발백중의 심리적 저격수가 되어야만 합니다. 그러면 불필요한 심리적 에너지가 현저하게 줄어듭니다. 어쩜 그런 게 홀가분의 시작일지도요.

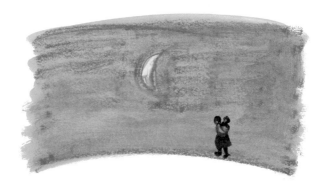

세상의 '불심검문'에
당당해지려면

짧지 않은 무명의 세월 끝에 권위있는 문학상을 받게 된 한 작가의 수상 소감은 짠합니다. 그동안 누가 뭐하냐고 물으면 애매하게 웃고 있을 수밖에 없었는데 이제 그러지 않아도 되니 너무 기쁘다는 거지요.

명절이나 동창회에서 오랜만에 만난 지인들에게 '지금 소설 쓰고 있다'고 말했을 때, 사람들이 보였을 반응은 안 봐도 비디오 아니겠어요? 그러니 애매하게 웃고 있을 수밖에요.

살다 보면, 불심검문에 걸려 신분증을 요구받을 때처럼 자기증명의 요구에 내몰릴 때가 있습니다. 무엇으로든 구체적으로 자신의 존재를 증명하라는 압박입니다. 구체적이고 그럴 듯해 보이지 않으면 인정받기 어렵습니다. 남들의 시선도 그렇지만 스스로에 대해서도 마찬가지입니다. 하지만 제 직업적 경험에 의하면, 어리석고 소모적인 일입니다.

다섯 번째 처방전

불심검문에 걸려 신분증 제시를 요구받았을 때 그것을 거절할 당당한 권리가 있다는 사실을 많은 사람들이 알게 된 것은 최근입니다. 예전에는 괜히 주눅이 들어 요구하는 대로 신분증명에 응했지요. 자기증명의 요구도 그와 별로 다르지 않습니다.

자기를 증명할 구체적이고 그럴듯한 외형이 없다고 주눅들 이유는 조금도 없습니다. 남들의 요구에 휘둘릴 이유도 없지만 그런 식의 자기증명이라는 게 자기존재의 실제가 아닌 경우가 대부분이니까요.

안팎으로 자기증명의 요구가 들끓는 것처럼 느껴져 편치 않을 때 내 존재를 증명하는 방법은 의외로 간단합니다. 내가 나임을 잊지 않으면 됩니다. 그것으로 충분합니다.

나 그대로가
쓸.모.

남자들의 시각에서 거칠게 구분하면 세상 사람은 쓸모 있는 사람과 쓸모없는 사람, 두 종류로 나뉩니다.

여자들이라고 자기 쓸모에 대한 관심이 없진 않지만 쓸모에 대한 남자들의 인식은 '쓸 만한 가치'라는 사전적 정의를 뛰어 넘어 거의 '쓸모 강박'의 수준이라 할 만합니다. 누구와 어떤 상황에 있든 자신의 쓸모를 점검합니다.

서른 군데의 면접에서 떨어진 미취업자는 자신이 사회에서 필요한 사람이 아닌가 하는 생각 때문에 심각하게 고민했다고 토로합니다. 그 심정이야 백 번 이해하고도 남지요.

하지만 실제로는 자기 존재 이유와 아무 상관없는 일을 연결해서 생각하다가 불필요하게 상처를 받는 경우라고 할 수 있습니다. 쓸모 강박에 시달리는 이들도 그렇습니다.

자기의 쓸모가 바닥이었던 때의 주관적 경험을 토대로 잠시라

다섯 번째 처방전

도 방심하면 그때의 쓸모없는 나로 되돌아갈지 모른다는 생각에 조급해합니다. 모든 상황에서 업무 수첩 속의 'To Do List'와 자기를 동일시합니다.

상황에 따른 적절한 옷차림이 있는 것처럼 인간의 쓸모 또한 일할 때와 쉴 때, 아빠일 때와 상사일 때, 아우일 때와 형일 때가 다를 수밖에 없습니다. 그러니 단순히 일처리 기준으로만 사람의 쓸모를 판단하는 일은 조급할 뿐 아니라 미욱합니다.

울건 웃건 아기가 존재 그 자체로 빛나는 가치가 있는 것처럼 흐리든 화창하든 나에겐 '나' 그. 자.체.로.가 그대로 쓸.모.입니다, 늘.

'니 꿈은
내가 꾼다'

한 조사 자료를 보니 우리나라 초등학생들의 장래 희망에 공무원이 적지 않더군요. 선택의 이유가 기막힙니다. 부모가 권유했다는 거지요, 안정적이라고. 이보다 더 어떻게 슬프겠어요.

이제 겨우 열 살 넘은 아이에게 안정성을 강조할 수밖에 없는 빡빡한 현실을 백 번 감안해도 부모라는 이들이 '본의 아니게 폭력적이다'란 생각을 떨치기 어렵습니다.

자기가 좋아하는 스파게티를 잔뜩 먹고 배가 부른 아이에게 그건 진짜 배부른 게 아니라며 구절판이 차려진 궁중음식상의 숟가락을 들도록 강요하는 것과 다르지 않습니다.

영화평론 분야에서 당대 최고수로 평가받는 중년의 평론가는 아직도 아버지가 자신을 인정하지 않는 것 같다고 고백합니다. 언젠가 아버지에게 영화 잡지를 만들고 있다고 말했더니 "그런데 넌 언제부터 일을 하고 살 거냐?"라고 물었다네요. 아버지가 보기에 제대로 된 일이 아니라는 생각 때문이겠지요. 부모 자식의 관계에서만 그런 건 아닙니다.

'최민수'도 아니면서, 조금의 주저함도 없이 '니 꿈은 내가 꾼다'고 말하는 이들이 의외로 많습니다. 선의(善意)라는 굳은 믿음을 가지고요.

혹시 누군가에게 내가 최민수 시리즈의 그 '최민수'였던 적은 없었는지 돌이키다 보면 혼자서 얼굴이 붉어지는 때가 많더라고요, 저는.

다섯 번째 처방전

사회적 얼굴에
속지 말기

본래의 자기와 사회적 얼굴이랄 수 있는 페르소나를 구별하는 일은 인간이 평생에 걸쳐 풀어야 하는 숙제 같은 것입니다.

현직에 있다 물러난 이들이 공통적으로 토로하는 감정은 서운함입니다. 현직에 있을 때와 퇴직 후에 사람들이 자신을 대하는 태도가 너무 다르다는 거지요. 이해는 가지만 심리적 착시 현상일 가능성이 큽니다.

고위 공직에 있다가 퇴직한 어떤 이의 솔직한 고백 속에 그 답이 있습니다. 현직에 있을 때 자신을 찾아오는 사람들 중 상당수는 비즈니스 관계상 '자리'를 보고 찾아오는 것인데도 자신의 '인격'을 보고 찾아왔다고 착각하는 통에 퇴직 후 서운함이 생긴다는 겁니다.

퇴임한 대통령이 현직에 있을 때처럼 언론이 주목하지 않는다고 염량세태(炎涼世態)를 한탄하면 개념 없다고 손가락질 받지 않겠어요? 그래서 저는 집에서도 회장님이나 교수님 혹은 박사님 같은 호칭을 아무렇지도 않게 주고받는 이들을 보노라면, 불길합니다.

나와 나 아닌 것을 제대로 구별하지 못하면 그것이 무엇이든 결국엔…… 코미디가 되고 맙니다.

있는 그대로
보기

쌍둥이 형제를 만났을 때 사람들 대부분이 하는 질문은 거의 같답니다. '누가 형(또는 언니)이냐'는 거지요.

단 5분 차이라도 그로 인해 '형님-동생'의 호칭을 부여받게 된 쌍둥이들은 '성장하면서 그에 맞추어 자신의 성격을 획득하게 된다'는 연구 결과도 있으니 당연한 호기심일지 모릅니다.

10대 후반의 쌍둥이 딸을 둔 어떤 부부는 처음부터 아이들에게 그런 위계질서를 적용하지 않았답니다. '언니-동생'으로 구분하지 않고 서로 친구로 지내게 했다는 겁니다.

가뜩이나 신경 쓸 게 많은 쌍둥이 자매의 자의식을 고려한 지혜로운 배려입니다. 그런 배려 덕분에 아이들은 호칭에 갇히지 않고 '있는 그대로'의 자기 모습을 드러내는 일이 좀더 수월했을 겁니다.

쌍둥이의 선후를 구별하는 일처럼 불필요한 '틀(frame)'에 갇히기

다섯 번째 처방전

시작하면 '있는 그대로' 보는 일은 뒷전으로 밀려나기 십상입니다.

어떤 일을, 긍정적으로 보는 일보다 더 중요한 것은 '있는 그대로' 보는 것입니다. 그래야 다 편안해집니다.

빨간산 그리고 검은산, 있는 그대로!

꼭 한 번
만나고 싶은 얼굴

죽기 전에 꼭 먹고 싶은 음식을 한 가지만 꼽으라면 저 같은 경우엔 주저 없이, 생각만으로도 침샘이 자극되는 어느 음식점의 비빔국수입니다. 발효 양념의 독특한 맛과 차진 면발의 조화가 'only one'이라고 할 만큼 강렬하거든요.

비슷한 맥락에서 평생 꼭 한 번은 만나고 싶은 사람이 누구인지를 묻는다면, 저는 '나 자신[眞我]'이라 답하겠습니다.

그건 특정한 음식의 선호처럼 사람마다 조금씩 다를 수밖에 없는 취향의 문제와는 본질적으로 다릅니다.

죽기 전에 '나 자신'과 조우(遭遇)하는 경험을 한 번이라도 제대로 할 수 있다면…….

그것은 유일무이한 동시에 황홀한 축복입니다.

다섯 번째 처방전

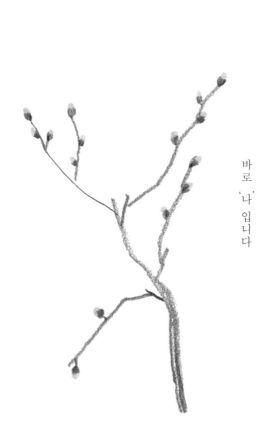

죽기 전에 꼭 한 번 만나고 싶은 사람은

바로 '나' 입니다

홀가분

제1판 1쇄 2011년 5월 16일
제1판 19쇄 2022년 1월 30일
제2판 1쇄 2022년 12월 26일

지은이 | 정혜신 · 이명수
펴낸이 | 송영석

주간 | 이혜진
기획편집 | 박신애 · 최예은 · 조아혜
디자인 | 박윤정 · 유보람
마케팅 | 김유종 · 한승민
관리 | 송우석 · 전지연 · 채경민

펴낸곳 | (株)해냄출판사
등록번호 | 제10-229호
등록일자 | 1988년 5월 11일(설립일자 | 1983년 6월 24일)

04042 서울시 마포구 잔다리로 30 해냄빌딩 5·6층
대표전화 | 326-1600 **팩스** | 326-1624
홈페이지 | www.hainaim.com

ISBN 979-11-6714-055-5

파본은 본사나 구입하신 서점에서 교환하여 드립니다.